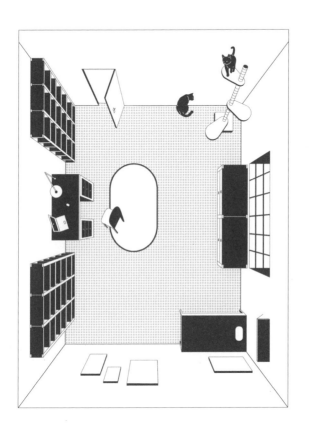

이현호 에세이

방밖에 없는 사람, 방 밖에 없는 사람

시간의흐름.

방밖에 없는 사람은, 방 밖에 없는 사람이다.
방 밖에 없는 사람은, 방밖에 없는 사람이다.
세계는 방과 방 바깥으로 나뉜다.

우리는 모두 하나의 방이며, 각자의 방.
그 방 밖에는 다른 방들이 있다.
나는 내 방 창문을 열고, 당신의 방을 본다.

누군가를 기다린다, 방문을 열어놓고.
만약 사랑이란 게 있다면, 그것은
방과 방을 잇는 길의 이름일 것이다.

방문을 열며

방 안 의 인 간

9

1부 : 방밖에 없는 사람

2부 : 방 밖에 없는 사람

방문을 닫으며

방문을 열며

인 간
의
방
안

네 개의 벽, 바닥과 천장, 창과 문으로 된 작은 우주.

나의 하루가 시작되고 끝나는 곳.

사전은 '방'을 "사람이 살거나 일을 하기 위하여 벽 따위로 막아 만든 칸"이라고 정의한다. '분만실'은 "병원에서 아이를 낳을 때에 쓰는 방"이고, '병실'은 "병을 치료하기 위하여 환자가 거처하는 방"이다. 우리가 일을 하는 '사무실'은 "사무를 보는 방"이고, 하루에도 몇 번씩 드나드는 화장실은 "용변을 보거나 화장을 하는 데 필요한 설비를 갖추어놓은 방"이다.

우리는 방에서 태어나서 방에서 먹고, 자고, 일하고, 사랑을 하고, 비밀을 만들고, 병을 앓고, 마침내 방에서 죽는다.

사람의 일 대부분이 벌어지는 방. 외계인이 지구를 관찰한다면 직육면체 속에 갇혀 있는 숱하디숱한 인간을 보게 되겠지. 그들의 눈에 우리는 방에 기생하는 생물처럼 보일지 모른다. 혹은 방이 인간이라는 종을 잡아먹고, 뱃속에 기른다고 여길지도.

방은 인생이 실연(實演)되는 무대. 그중에서도 오롯이 혼자만의 시간을 보내는 '내 방'은 대체 불가한 영역이다. 내 방은 타인의 시선이나 세속적 가치가 침범하지 못하는 나만의 성역. 나의 법률이 지배하는 곳。무엇보다 마음을 돌보는 일이 여기서 이루어진다。

　방이 아니라면 우리는 어디에 지친 마음을 내려놓을 수 있을 까。어디에서 마음껏 울 수 있을까。방이 아니고서는。

　방은 마음의 성채이자 마음의 들판。우리는 그곳의 왕이자 유 일한 백성이다。방을 갖는 일은 온전한 자신만의 세계를 갖는 것。나 는 나만의 우주가 아주 마음에 든다。

　나는 방을 사랑해서、방을 떠나지 않는다。누군가의 눈에는 내 가 외톨이로 보일지 모르겠지만、나는 그런 내가 싫지 않다。

　우리는 방에서 태어난다。방에서 눈감는다。

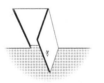

1부 : 방밖에 없는 사람

대흥동 5-4

빗소리가 빗방울보다 먼저 도착하는 옥탑이었다.
여름에는 너무 덥고 겨울에는 너무 추운 방에서
기다리는 사람이 있었고, 오지 않는 사람이 있었다.
여름에는 너무 더워서 겨울에는 너무 추워서
부르지 못한 사람이 있었다.

너무 더운 여름에도 없는 사람의 자리는 서늘하고
너무 추운 겨울에도 잠시 그 사람이 머물다 간 자리는 따듯했던
그곳에서는

멀어지는 당신의 뒷모습을 저 멀리까지
오래도록 지켜줄 수 있었다.

식물의 꿈

고시원의 반지하방에 산 적이 있다. 거기서 나는 이름도 생소한, 손바닥만 한 식물을 길렀다. 누군가 반지하방은 공기가 좋지 않다며 선물로 준 것이었다. 가끔 물을 주면서도, 나는 으레 그가 오래 살지 못하리라 여겼다. 침대와 책상만으로도 비좁은 그곳은 햇빛이 들지 않았고, 환기도 잘되지 않았다. 빛과 공기조차 마음대로 드나들지 못하는 곳에서 나는 많은 시간을 잠으로 보냈다.

어느 날 물을 주다가 그가 손가락 한 마디쯤 자랐다는 것을 깨달았다. 형광등 불빛과 탁한 공기로 제 몸을 키운 식물이 대견하기보다는 기묘했다. 반지하방 생활이 이어질수록 내 건강은 나빠지고 있었기에 그에게 벌어진 일을 이해할 수 없었다. 하루가 다르게 더 짙어지는 녹색을 보며 나는 무섭기까지 했다. 내가 죽은 듯이 자는 동안 그는 어두운 반지하방을 서서히, 아주 서서히 녹색으로 잠식하고 있었다.

나는 반년을 채우지 못하고, 돈을 보태 이층으로 옮겨 갔다. 같은 건물이었지만 큰 창문이 하나 있는 것만으로 전혀 다른 세상에 온 듯했다. 낮에도 밤처럼 어둡고, 밤은 밤대로 어두운 삶이 있다는 것을 이때 알았다. 아침 햇살에 눈을 뜨고, 창을 열어 맑은 공기를 마시는 일이 얼마나 소중한지를 이때 배웠다. 볕이 잘 드는 창가에 자리를 잡은 식물은 이제 더욱 쑥쑥 자랄 것이었지만, 더는 무섭지 않았다.

식물은 이층 창가에서 한 달을 버티지 못했다. 점점 잎사귀 끝이 마르고 색이 바래더니 시들어 죽고 말았다. 나는 또 그에게 일어난 이 기묘한 일을 헤아릴 수 없었다. 형광등 빛만으로 살아온 질긴 생명에게 갑자기 쏟아진 햇볕은 독이었을까. 지금도 이따금 그 식물 생각이 난다. 오래 외출하지 않고 있다 보면, 내가 꼭 한자리에 붙박여 한 뼘 볕과 한 줌 물만으로 사는 식물같이 느껴진다.

곰곰 생각해보니 그의 이름이 제라늄이었던 듯싶은데 확실하지 않다. 방에 틀어박혀 있자니 아무도 나를 부르는 일이 없어서, 나는 종종 내 이름도 까먹고는 한다. 큰 창문이 여러 개 있는 방에서 여전히 나는 여러 날을 꿈으로 지낸다.

나
는

아침에 눈을 뜨면, 방 안은 한 잔의 물에 두어 방울 검은 잉크를 탄 듯한 빛깔이다. 불을 켜도 그만 아니어도 그만인 미명. 조금 답답한 느낌이지만, 사물들의 실루엣은 분명하다. 읽을거리가 없다면 굳이 불을 켤 필요가 없다. 잠이 덜 깬 몽롱한 정신에 맞춤한 밝기다.

나는 가볍게 맨손체조를 하고, 고양이 화장실을 청소하고, 고양이 사료와 물을 갈아주고, 간단히 허기를 채우고, 어젯밤부터 미뤄 뒀던 설거지 따위의 집안일을 한다. 날이 좋은 날은 빨래도 잊지 않는다. 별로 한 일도 없는 듯싶은데 문득 고개를 들어보면, 어느새 정오의 태양이 창문에 걸려 있다.

나는 기지개를 켜며 소파에 앉는다. 창문으로 쏟아지는 햇빛이 방 안을 구석구석 밝히고 있다. 이즈음부터 서너 시까지 방 안은 불을 켜도 티가 나지 않을 만큼 환하다. 이 반나절은 천국에 가까운 시간. 사람들이 저마다의 일로 바쁜 이때 내 방은 제일 한갓지다.

이맘때 고양이들은 세상 편안한 표정으로 창문 앞에 드러누워 볕바라기를 한다. 대부분이 학교로 일터로 떠난 거리는 한산하다. 아침부터 지저귀던 새들도 어디서 날개를 쉬는지 조용하다. 가끔 집 앞을 지나는 자동차 소리가 들릴 뿐이다.

나는 소파에 되는 대로 몸을 눕힌다. 한쪽 팔걸이에 목덜미를 베고 누우면, 다른 쪽 팔걸이 밖으로 무릎 아래가 삐져나오는 작은 소 파다. 작지만 잠을 불러오기에는 넉넉한 크기다. 가만히 눈을 감고 있 으면, 졸음이 봄바람처럼 살랑거린다.

　　나는 그대로 낮잠에 들기도 하고, 책을 집어 슬렁슬렁 넘겨보 기도 한다. 일을 해야 한다는 생각이 자꾸 머리를 쳐들지만, 애써 모 른 체한다. 이 적요한 평화를 깨고 싶지 않다. 어차피 컴퓨터 책상은 한낮의 햇살이 쏟아지는 창문 바로 앞에 있다. 가서 앉아봐야 눈이 부 셔서 아무것도 할 수 없다.

　　조금만 더 이대로 있자고, 나는 나를 달랜다. 나는 '내 안의 귀 가 얇은 나'를 껴안고 최대한 뭉그적거린다. 이럴 때 시간은 재바르 다. 창문 끄트머리에 달려 있던 해가 부지불식간에 시야에서 사라진 다. 금세 창밖이 누르끄름한 노을빛에 물든다.

　　슬슬 마음에 조바심이 번진다. 나를 채찍질할 때가 온 것이다. 나는 미적거리며 일어나 털썩 책상 앞에 앉는다. 밀린 일의 목록을 살 피다가, 앗 뜨거워라, 발등에 불이 떨어진다. 어서 집중하자고 마음 을 다잡아보지만 잘되지 않는다. 스스로를 아무리 잡도리한들 별무소 용이다. 무엇엔가 홀린 듯 웹서핑을 하다가 두세 시간이 훌쩍 지나간 다. 그새 방 안팎으로 짙은 어스름이 내려 깔린다. 그제야 제대로 마 음에 시동이 걸린다.

　　나는 한글 프로그램 창을 열고 자판을 두드리기 시작한다. 얼 마나 시간이 지났을까. 한숨을 돌릴 때쯤이면, 내가 있는 자리만 유독 환하다. 모니터 빛 때문이다. 온통 어두운 방 안에 모니터만이 둥둥 떠 있다. 마치 하얀 블랙홀 같다. 그 빛 속으로 내가 쓰고 지우는 것들 이 끝없이 빨려 들어간다.

창문으로 들어온 어둠과 인공의 빛이 뒤섞이는 경계에서 나는 눈을 끔뻑거리며, 계속 손가락을 움직인다. 쓰고 지우기를 반복하고 또 반복하다 보면 불쑥, 창문을 벌컥 열고 싶은 순간이 찾아온다.

나는 창문을 열어젖히고 숨을 크게 들이마신다. 새벽 공기가 차다. 오늘은 이쯤하자. 내일은 방 한구석에 치워놓은 두터운 이불을 꺼내 한번 빨아야겠다. 아, 벌써 귀찮네. 곧 게으름마저 얼려버릴 정도로 날이 추워지겠지. 그 이불을 덮을 때면 방에서의 하루는 더욱 고요하겠구나. 겨울에는 종일 이중창을 닫아걸고 사니까.

나는 내일 할 일을 떠올리며 늘어지게 기지개를 켠다. 창문을 닫고, 컴퓨터도 끈다. 방은 순식간에 어둠에 잠긴다.

이즈음부터 서너 시까지 방 안은 불을 켜지 않으면 함부로 발을 디딜 수 없을 만큼 어둡다. 이 한밤중은 다시 천국에 가까운 시간. 나는 더듬더듬 침대를 찾아가 눕는다. 사람들도 고양이도 모두 잠든 이때 내 마음은 가장 분주하다.

나는 어둠 속으로 온갖 상상이며 추억을 풀어놓는다. 어둠은 까만 스크린이 된다. 내 마음이 보고 싶었던 것들이 어둠의 한가운데 비친다.

나는 우주미아가 되어 속절없이 망망한 우주를 떠도는 우주인의 공포를 상상하기도 하고, 내가 잃어버린 것들을 떠올리다가 잃어버린 것들만을 간직하고 있는 마음을 자조하기도 한다. 이제 자야 한다고 생각하면서 멀뚱멀뚱 어둠을 응시한다.

청소차가 지나가고, 새들이 울고, 먼동이 틀 때까지.

상상과 추억은 희끄무레한 빛 속으로 흩어진다. 아직 어둑함이 남아 있는 방 안은 한 잔의 물에 서너 방울 검은 잉크를 탄 듯한 색이다. 나는 눈을 감고 밤을 이어간다. 조금 밝은 느낌이지만, 내가 만나고 싶은 꿈의 윤곽은 또렷하다.

　　빛에서 어둠으로, 어둠에서 빛으로 방이 나를 태우고 날아간다.

사
방 물
의 들

가득 쌀을 안치면 이틀은 넉넉히 먹을 수 있는 밥솥。 여기저기서 선물로 받은 컵이 열 개쯤。 혼자 앉는 4인용 식탁。 벽 한쪽에 패잔병처럼 도열한 옷 수십 벌。 맞은편 벽에 걸린 색 바랜 모자 대여섯 개。 책장에 위패처럼 모셔진 수백 권의 책, 인형, 장난감, 액자 등 인테리어 소품 십수 점。 어려서부터 쓰던 안경 십여 개와 크고 작은 안경집 여덟 개。 잡동사니를 모아놓은 두 개의 서랍장。 그 안에 유물처럼 잠들어 있는 건전지, USB 따위의 작은 전자제품。 딱풀, 펜, 필통 따위의 문구。 드라이버, 펜치, 접착테이프 따위의 공구 등등。 아무도 신지 않은 손님용 실내화 일곱 켤레。 그리고 냉장고, 2인용 소파, 침대, 캣타워, 고양이 화장실, 협탁, 화이트보드, 컴퓨터, 모니터, 프린터, 스피커, CD, 전자레인지, 스탠드…… 이것들을 다 적기에는 모자란 A4용지와 노트들。 그래도 빠뜨릴 수 없는, 당신의 편지。 사물이라고 하기에는 너무 마음에 가깝지만。

방
거미
의

언제부터일까, 방 한구석에 거미가 방을 냈다. 거미의 살림을 보면 단출하다고 믿었던 내 방이 너무 번잡하게 여겨진다. 거미의 방에는 흔한 가구는 둘째 치고, 벽과 천장마저 없다. 적막한 식욕과 오랜 기다림만이 있을 뿐이다. 내가 그 가난한 살림에 보탤 수 있는 것이라고는 죄책감뿐. 먼 나라에서 굶주리는 아이들의 얘기를 들을 적마다 혀를 차면서도 아무것도 하지 않는, 그 깃털 같은 죄악감.

오랜만에 커튼을 연다. 창밖 놀이터의 벚꽃이 어느새 죄 떨어졌다. 몇 송이 남지 않은 벚꽃도 오늘밤을 버티지 못할 듯싶다. 나는 커튼을 닫고, 바닥에 눕는다. 몸을 웅크리고 있는 나와 거미줄 위에 숨죽이고 있는 거미의 자세가 비슷하다. 물방울을 닮았다. 우리는 그렇게 꼼짝하지 않는다. 몸을 움직이면 어딘가로 흘러가버리기라도 한다는 듯이, 품속에서 소중한 무언가가 날아가버리기라도 할 듯이.

괜한 미안함과 죄책감마저 없다면, 나는 인간의 마음을 잃어버릴 것만 같다.

마음
여행하는

똑똑똑, 누군가 현관문을 두드린다. 예의 택배가 도착했을 테다. 슬금슬금 자리에서 일어나 문을 열고 보니 계란, 라면, 김, 커피, 김치, 청양고추 따위가 든 종이봉투가 앞에 놓여 있다. 고맙다는 말을 할 틈도 없이 그새 배달원은 가고 없다.

제법 묵직한 종이봉투를 들어 식탁 위에 올려놓고 냉장고 문을 연다. 아직 서늘한 기운이 가시지 않은 것들을 그 안으로 옮긴다. 김, 라면 등은 싱크대 위 찬장에 넣어둔다. 노크 소리에 일어나 택배를 받고, 그것을 집 안에 부리는 일이 언제부턴가 몹시 익숙해졌다. 예전에는 식자재와 생필품을 사러 가까운 슈퍼마켓에 가기도 했는데, 이제는 그나마도 거의 배달에 맡기고 있다.

외출하지 않은 지 오래되었다. 집에만 있는 날이 점점 늘고 있다. 나는 바깥출입을 잘 하지 않는다. 문상같이 특별하거나 밥벌이에 관계된 일이 아닌 바에야 여간해서는 집을 나서지 않는다. 먼저 연락도 잘 안 하는 편이고, 되도록 약속을 만들지 않는다. 일주일이고 보름이고 집에만 머무는 때가 잦다.

염세나 대인기피증 따위가 있는 것은 아니다. 그저 집 밖에 나가는 일이 무척 번거롭고 성가실 따름이다. 나를 키운 건 팔 할이 귀찮음이다. 웬만한 일로는 이 귀찮음을 물리치기 힘들다.

친구들은 귀찮다는 핑계로 좀체 밖에 나오지 않는 나를 염려한다. 무슨 문제가 있지나 않은지, 어디에서 큰 상처를 받지나 않았는지 걱정한다. 그들은 드문드문 연락을 걸어 내 안부를 묻는다. 이 오래된 안부가 나는 늘 고맙고, 또 반갑다.

"어디야?"
"집이지."

대화 내용은 늘 오십보백보. 친구들은 한결같이 내게 밖에 좀 나오라고, 사람을 만나라고, 가끔 코에 신선한 바람을 쐬라고 조언한다. 어디어디가 좋다며 여행을 다녀오라는 말도 자주 한다. 그래야 나아질 거라고 말한다. 솔직히 나는 내 삶에서 무엇이 더 나아져야 하는지 모르겠다.

삶이란 나와 아무 상관도 없다는 듯이 살고 싶다. 무엇이든 적당한 거리를 두어야 편하다. 삶도 마찬가지. 안달복달 삶에 매이기 싫다. 배곯지 않고, 따뜻하게 잠들 수 있으면 족하다. 혹 이런 게 현실도피나 패배주의는 아닌지 돌아봐도, 내게는 딱히 이루고 싶은 것도 생활에 보태고 싶은 것도 없다.

지금 내 방에는 내게 필요한 모든 것이 있다. 방에서 나는 아무것도 잃을 것이 없다.

"너는 어떻게 맨날 집이야? 안 답답해?"
"답답할 게 뭐 있어. 그냥 널브러져 있는데."

사람들은 방에 붙박인 삶이 못내 답답한 모양이다. 나는 그렇지 않다. 문득 몸이 근질근질할 때면 늦은 새벽 모자를 푹 눌러쓰고 동네를 한 바퀴 돌고 온다. 그만하면 충분하다. 하물며 여행이라니……생각만으로도 골치가 아프다.

나는 나를 답답해하는 사람들이 답답하다. 방에 있는 사람과틈만 나면 어딘가로 떠나려는 사람 중 답답한 것은 어느 쪽일까. '지금-여기'를 벗어나려는 사람들의 마음속에는 너나없이 일탈의 욕망이 도사리고 있다. 지금-여기가 마음에 들지 않는 것이다. 지금-여기가 견딜 수 없는 것이다. 자기가 몸담고 있는 현실에서 해방되고 싶은 것이다.

파스칼은 말했다. "인간의 모든 불행은 방에서 휴식을 취하며지낼 수 없다는 오직 한 가지 사실에서 비롯한다"라고.

"별일은 없고?"
"방에만 있는데 별일은 무슨."

파스칼의 말을 빌리지 않더라도 내게 방을 벗어나는 일은 불행의 시작이다. 여행은 항상 즐거움보다는 피로감을 불러일으킬 뿐이었다. 익숙한 일상의 리듬이 깨어지며, 매 순간 맞닥뜨려야 하는 낯선환경은 평지풍파와 같았다. 여행에 기대했던 설렘과 흥분은 내게 폭력으로 다가왔다. 여행의 설렘은 일상의 균열이고, 낯섦이 불러오는삶의 환기는 내가 몸담고 있던 현실을 파괴하는 테러였다.

나는 여행지에서도 오래 방에 머물렀다. 결국 여행이란 방에서 방으로 가는 일 아닌가. 내 방을 떠나 타인의 방에 잠시 머물다가 다시 정든 내 방으로 돌아오는 것. 여행지에서 무엇을 경험했든지 간에 끝내 우리의 발걸음이 향하는 곳은 방이다. 지친 몸을 쉬고 마음 편히 잠들기 위해 우리는 방을 찾는다. 언제 어디서나 우리의 최종 목적지는 방이다.

모든 길은 로마로 통하지 않는다. 모든 길은 방으로 통한다.

"무슨 지박령이야? 밖에 나와. 얼굴 좀 보고 살자."
"나는 살아서 귀신이로구나. 너는 별일 없어?"
"죽지 못해 살지. 돈 좀 모아서 여행이나 다녀오려고."

우리는 시답지 않은 농담 몇 마디와 서로 아는 이의 근황을 주고받는다. 그러다 식상하게도 '언제 한번'을 기약하며 통화를 마친다. 죽지 못해 사는 사람과 살아서 귀신인 사람의 대화는 단조롭다. 우리는 이승도 저승도 아닌 데서 사는 게 사는 게 아니게 살고 있는 걸까.

나는 자꾸 머물려고 하고, 너는 자꾸 떠나려고 한다. 나는 방에 있어서 괜찮다고 하고, 너는 지금-여기만 아니라면 어디라도 좋다고 한다. 사실 두 마음은 같은 것이다. 은둔자와 방랑자는 모두 세상을 버리고, 세상으로부터 달아나는 사람이다. 처마 밑에 있는 사람도 우산을 들고 가는 사람도 비를 피하려는 마음은 같다.

창밖으로 바람이 달려가며 공원의 나무들을 흔든다. 윙윙, 나뭇가지 흔들리는 소리가 쓸쓸하다. 나무가 쓸쓸할 리 없으니, 쓸쓸한 것은 내 마음일 테다.

고백하건대 나도 여행을 좋아한다. 무언가 새로운 것을 느끼려고 떠나는 것이 여행이라면, 나는 지금 여행 중이다. 여행을 위해서 꼭 방을 벗어날 필요는 없다. 방금 나를 스친 쓸쓸함은 조금 전까지는 없던 감정이다. 매 순간 온 존재를 기울여 모든 것을 감각한다면, 방 안도 낯선 여행지가 된다. 일상생활도 여행이 된다.

조금만 주의 깊게 보면 늘 제자리에 걸려 있는 창밖 풍경도 하루하루가 다르다. 마주 보이는 건물 뒤로 펼쳐진 노을도, 가로수의 나뭇잎도 얼마 전까지와는 다른 빛깔이다. 하루 새 먼지가 더 내려앉은 방 안은 어제와는 다른 공간이다. 청소를 하고 나면 덩달아 내 기분도 새로워질 것이다.

여행이 갑갑하고 따분한 일상에 활기를 불어넣으려는 심폐소생술이라면, 이렇게 모든 것을 느끼려는 마음은 일상 자체를 여행으로 탈바꿈한다.

갑자기 네게서 걸려온 전화를 받으면, 나는 이국에서 낯선 언어로 말을 걸어오는 사람을 만난 것만 같다. 네 목소리를 듣는 것도 내게는 여행이다. 불쑥 내 방을 찾아온 네 목소리를 만나면, 계획에 없던 여행을 훌쩍 떠나온 듯하다.

방을 떠나는 여행은 지구별을 벗어날 수 없지만, 네 목소리를 타고 도착하는 곳은 하나의 소우주다. 나는 사람보다 흥미로운 여행지를 알지 못한다. 너는 어떤 나라의 풍경보다 낯선 세계. 나는 방에 있기 때문에 언제든 네 전화를 받고, 지칠 때까지 너와 이야기를 나눈다. 나는 방에 있어서 언제든 여행을 할 준비가 되어 있다.

언제나 나는 방을 여행 중이다.

집
귀 의
신

귀신이라도 나와주었으면 싶을 만큼 외로운 날이었다. 그러나 정말 귀신이 나온다면 그것은 무섭다기보다는 무섭도록 쓸쓸한 일.

내가 있어야 할 곳을 떠나 내가 있었던 곳을 찾는 마음은 나보다 얼마나 외로운 것일까.

열 현
면 관
  을

현관문을 열고 들어가면 여느 집과 마찬가지로 신발을 벗어두는 데
가 나온다. 운동화와 슬리퍼 몇 켤레 그리고 지붕 없는 고양이 화장
실이 여기에 있다. 나는 고양이들의 장 건강을 확인한 뒤 신발을 벗
어놓고, 한 발짝을 내딛어 얕은 턱을 오른다.

　　양팔을 좌우로 뻗으면 두 손바닥이 벽에 닿는 좁고 기다란 공
간이 몇 걸음 앞까지 이어진다. 이것도 회랑이라면 회랑일까. 오른쪽
벽에는 책장이 줄지어 서 있다. 왼쪽 벽에는 크고 작은 그림이 여러
점 걸려 있다. 어느 쪽이든 흥미가 있는 사람이라면 이곳에서 꽤 오랜
시간을 보낼 수도 있을 테다.

　　나는 다독가도 장서가도 아니지만, 책을 쓰고 만드는 일을 해
오다 보니 이런저런 책이 많다. 다른 작가들이 자기 저서에 사인을 해
서 보내준 것이 삼분의 일, 내가 편집한 것이 삼분의 일, 직접 사서
읽은 것이 삼분의 일쯤 되는 듯싶다. 사놓고 읽지 않은 책도 책장의
몇 칸을 차지하고 있다. 어쩌자고 읽지도 않을 책을 이렇게 샀을까.

　　"읽을 책을 사는 게 아니고 산 책 중에 읽는 거예요."

　　김영하 소설가가 모 텔레비전 프로그램에서 한 말이다. 알쏭
달쏭한 말이지만, 독서는 책을 사는 것에서 시작한다는 뜻으로 이해
하고 있다. 시작이 반이라고 하니 책을 사는 순간 그 책의 절반쯤은

이미 읽은 셈이다. 완독은 못했지만 반이나마 읽은 책이 적지 않다는 것이 그리 부끄러운 일은 아닐 테다. 빨리 읽지 않는다고 책이 증발하는 것은 아니니까. 언제든 잠든 책을 깨워 못다 한 이야기를 마칠 수 있다. 나는 이런 생각으로 내 빈곤한 독서 편력에 면죄부를 삼는다.

왼쪽 벽에 걸려 있는 그림은 대부분 친구들의 작품이다. 그림에 대해서는 묘사하기를 그만둔다. 그런 재주도 없을뿐더러 말로 표현할 수 있는 그림은 이미 그림이 아닐 것이다. 이외에도 내 방 곳곳에는 그림이 걸려 있다. 지인의 작품이 절반, 내가 좋아하는 화가의 작품이 나머지 반이다. 지인의 작품은 세상에 하나밖에 없는 진품이지만, 유명 화가의 것은 당연히 복사품이다. 나는 평생 번 돈으로 아파트 한 채를 못 사는 것보다 그림 한 점을 살 수 없다는 사실이 더 우울하다.

빈센트 반 고흐의 〈해바라기〉는 동명의 작품이 몇 가지 있는데 평균적인 경매 낙찰가가 약 4천만 달러다. 우리 돈으로 440억이 넘는다. 고흐는 생전에 자기 작품을 125달러, 그러니까 15만 원 정도에 팔려고 했는데 아무도 사주지 않았다고 한다.

친구들의 작품도 그럴 수 있을까. 비루하지만 행복한 상상. 물론 나는 친구들이 나보다 오래 살기를 바란다. 죽음으로써 작품의 몸값을 올릴 수 있다손 치더라도 본인이 그 영광을 누리지 못하는데 그게 다 무슨 소용일까. 나는 죽고 나서 유명해진 예술가의 친구이고 싶지 않다. 가난한 예술가일망정 함께 술 한잔 나눌 수 있는 이의 친구이고 싶다.

방에는 고흐의 작품 말고도 마크 로스코, 툴루즈 로트렉, 웨민쥔 등의 그림이 걸려 있다. 컴퓨터 모니터 바탕화면도 내가 좋아하는 그림들이다. 방에는 모니터가 세 대 있는데 지금은 각각의 바탕화면에 에드워드 호퍼의 〈바다 옆의 방〉, 윌리엄 터너의 〈일몰〉, 르네 마그리트의 〈승리〉가 띄워져 있다. 얼마 전까지는 귀도 레니의 〈베아트리체 첸치〉와 프란츠 마르크의 〈붉은 사슴〉과 에곤 실레의 〈포옹〉이 있었다.

모니터의 그림은 기분에 따라 수시로 바뀐다. 나는 보고 싶은 그림을 그때그때 화면에 띄워놓고, 소파에 앉아 감상한다. 모니터는 나만의 갤러리. 돈과 공간의 문제 때문에 복사품조차도 마음껏 사지 못하는 형편에서 나온 궁여지책이다. 미술관에서 진품을 두 눈으로 보는 것에는 한참 못 미칠 테지만 어쩔 수 없는 노릇이다. 저 그림들은 내 평생의 부(富)를 쏟아부어도 가질 수 없는 것들. 그렇지만 차라리 희망이 없어서 마음이 편하다. 애면글면할 필요 없이 그저 즐기면 된다. 생각해보면 전 세계에 흩어져 있는 그림들을 컴퓨터 한 대만 있으면 볼 수 있다는 것이 얼마나 고마운 일인지 모르겠다.

그림과 책을 지나 네댓 걸음을 하면 채 2미터가 안 되는 진열장이 있다. 진열장이라고는 하지만 사실 유리도 없고, 화집처럼 큰 책을 보관하기에 맞춤한 장(欌)이다. 여기에는 손가락 한 마디만 한 고양이 피규어 수십 점이 먼지를 뒤집어쓰고 있다. 한때 소소한 재미로 몇천 원짜리들을 사 모은 것이다.

살 때는 좋았지만 개수가 점점 불어나니 처치 곤란이다. 감상을 하는 것도 아니고 좁은 집에 괜히 자리만 차지하고 있다. 늘 버려야지 싶다가도 막상 진열장 앞에 서면 마음이 약해진다. 오히려 먼지만 털어주고 돌아서기 일쑤다. 따로 돈을 들이는 취미가 있는 것도 아닌데 이 정도 사치는 부려도 되는 거 아닌가라고 생각하면서. 정작 정말 마음에 드는 것들은 비싸서 사지도 못했지만 말이다.

언제부턴가 인테리어에 미니멀리즘이 유행이라는데, 미적 취향의 문제를 떠나 살림살이는 간소할수록 좋다. 이사를 자주 다닌 사람이라면 잘 알 것이다. 이사만을 따지고 보자면 세간은 모두 짐이고, 방은 잠시 물건들을 쌓아놓는 창고다.

이사를 할 때마다 한 번도 쓰지 않은 물건과 있는지도 몰랐던 물건이 꼭 어디선가 튀어나온다. 대체 이게 어디서 났는지 좀체 모르겠는 것도 많다. 경위야 어찌됐든 한번 집에 들인 물건은 버리기가 쉽지 않다.

다람쥐는 겨울철 식량을 비축하기 위해 땅속에 도토리를 묻는다. 그런데 건망증이 심해 자신이 어디에 도토리를 묻었는지 기억하지 못한다. 땅에 묻은 도토리의 95퍼센트 이상을 다시 찾지 못한다고 한다. 결국 다람쥐가 땅 이곳저곳에 묻어놓은 도토리는 싹을 틔운다. 다람쥐는 본의 아니게 도토리나무를 심고 다니는 셈이다.

다람쥐의 건망증이야 산림 육성에 보탬이 되는데, 내 건망증은 살림에 별 도움이 되지 않는다. 왜 샀는지 어디서 받아왔는지 기억나지도 않는 물건을 보면, 그 당시 내가 무슨 욕심을 냈던 것인지 한심스럽다. 언젠가 한번은 쓸 거라는 견물생심이었을까. 물건을 버리는 것보다 물건에 대한 탐심을 버리는 일이 우선이다.

이사를 할 때 가장 큰 짐은 책이다. 몇 박스씩을 옮기는 것도 일이고, 그것을 보기 좋게 다시 책장에 꽂는 것도 수고롭다. 이사를 할 때마다 짐을 조금씩 줄였지만, 책만큼은 그대로 끌어안고 다녔다. 읽은 책은 기부하거나 주변에 선물해도 될 텐데 자꾸 아까운 마음이 든다. 책이 없는 방을 상상하기 어렵다. 언제부턴가 방은 물건을 쌓기에 급급한 공간이 되어버린 듯하다.

방이 나에 대한 박물관이라면, 지금 전시되어 있는 물품의 거의는 잡동사니일 것이다. 현관을 열었을 때 내가 마주하고 싶은 풍경은 어떤 것일까. 적어도 잡동사니 박물관은 아니다. 그렇다면 어디서부터 시작해야 할까. 현관의 신발부터 가지런히 정리하며 생각해봐야겠다.

외로운 습관

늘 음악을 틀어놓는다. 음악은 나의 동거자. 허공중으로 흩어져 사라지는 음(音) 하나하나에 혹여 영혼이 있다면, 내 방은 오래전부터 그들의 영혼으로 포화 상태일 것이다. 혹여나 영혼에 물성(物性)이 있다면, 방에는 지금쯤 바늘 하나 세울 데도 없을 것이다. 어느 쪽이든 내 가벼운 영혼은 그 틈에 끼지 못하고, 어느 날 아침 물러가는 어둠에 휩쓸려 온데간데없어졌을 것이다.

사실 이 방의 주인은 음악이고, 내가 음악을 듣는 것이 아니라 음악이 나를 듣는다. 내가 음악을 듣고 우는 것이 아니라 방의 울음이 나인 듯하다. 나는 이 감정에 대해 어느 시에 이렇게 썼다. "몸속을 휘젓고 떠나간 음(音)과 귓속을 맴도는 음 사이 / 고산병을 앓는 밤 // (……) // 한 이름을 흥얼거리다 보면 다 지나가는 이 새벽 / 당신의 이름을 길게 발음하면 세상의 모든 음악이 된다".

보지도 않는 텔레비전을 온종일 켜놓는 사람처럼, 음악과 동거하는 것은 고상한 취미라기보다는 외로운 습관이다. 그리고 습관이 없는 사람은 죽은 사람뿐이다.

창문

방의 사물들 ..

내 방에는 두 팔 길이쯤 되는 큰 창문이 여러 개 나 있다. 빛받이가 잘되는 방 안은 해가 뜨고 짐에 따라 밝기 차이가 완연하다. 한 줌 볕에 목말랐던 반지하방 생활이 뼈아프게 새겨져 있어서일까, 나는 이런 방을 선호한다. 환기는 물론이고, 함께 사는 고양이들이 여기저기서 바깥을 구경할 수 있는 것도 장점이다. 냉난방에 좀 불리하기는 하지만, 이사 온 지 2년이 다 되어가는 지금껏 아쉬움은 없다. 역시 방에 창문은 많으면 많을수록 좋다는 생각이 더욱 굳어졌다. 내 집을 지을 기회가 있다면, 벽과 천장을 통유리로 세울 것이다.

방밖에 없는 사람에게 창은 더욱 소중하다. 그것은 방을 벗어나지 않고 세상과 소통할 수 있는 창구다. 방 안팎을 연결하는 통로이자, 세상의 소리를 듣는 귀다. 창은 나룻배처럼 방과 바깥을 오가며, 나와 세상을 이어준다. 나는 창을 열고 낯익은 동네 사람에게 인사를 건넬 수도 있다. 한편 창은 나와 세계를 단절하는 차단막이다. 사람의 귀는 닫을 수 없지만, 방의 귀인 창은 언제든 닫을 수 있다. 그러면 내 방은 고립무원의 무인도가 된다. 홀로 존재하고 싶을 때 창은 고독과 적막을 안겨준다.

무엇보다 내가 이 얇고 투명한 사물을 아끼는 이유는 그것이 빛과 어둠을 전해주기 때문이다. 방에 오래 머무를수록 사람은 조명도에 예민해진다. 종일 변하는 것이라고는 방 안의 명암밖에 없어서다. 매일같이 때를 맞춰 창문을 드나드는 빛과 어둠은 방밖에 없는 사람의 훌륭한 친구다。 그들에 의해 시시각각 바뀌는 방의 밝기는 내가 시간 속에 있음을、 살아서 존재함을 알려준다。

　창문이 없는 방은 교도소와 다를 바 없다。 방밖에 없는 사람과 죄수의 차이는 그에게 마음대로 열고 닫을 수 있는 창이 있느냐 없느냐는 점이다。 제아무리 창이 많은 방도 한 점 그늘 없이 완전히 밝을 수는 없지만、 창이 하나도 없는 방은 완전히 어두울 수 있다。

방
의
주
인

내 방의 주인은 어둠이다. 그는 방에서 가장 많은 자리를 차지하고 있다. 세간살이와 내가 있는 공간을 빼고 남은 전부가 그의 것이다. 그는 무척 살뜰해서 옷장, 책장, 서랍 따위의 빈 곳은 물론 이불 속 같은 작은 틈새도 놓치지 않는다. 내 비어 있는 뱃속에도 그는 살고 있다. 방에 존재하는 모든 것들의 속내까지 그가 깃들지 않은 데는 없다.

　　나는 벽에 붙은 전등 스위치를 잘 켜지 않는다. 주황빛을 내는 책상 등(燈) 하나만 밝혀둘 뿐이다. 해 질 녘부터 새벽까지 자그마한 전구 한 알이 방 안을 은은하게 비춘다. 어스름한 방 안에 있으면 꼭 노을의 한가운데 살고 있는 듯싶다. 이것이 나와 어둠이 한방에서 살아가는 요령이다. 그는 제 방에 세 들어 사는 나를 말없이 품어준다. 나는 그를 위해 되도록 불을 켜지 않는다. 만약 내가 그의 얼굴을 자세히 보려고 불을 켜면, 놀란 그는 별안간 내가 닿을 수 없는 아득히 먼 곳으로 달아나버리고 만다.

　　전통혼례는 어슬녘에 치렀다고 한다. 너무 밝지도 너무 어둡지도 않은 그때가 음과 양이 화합하는 의례인 결혼식을 올리기에 마땅한 시간이라고 여겼기 때문이다. 옛사람들이 혼례를 하던 무렵의 밝기야말로 어둠과 내가 동거하는 방에 알맞은 조명도다.

　은근하게 어슴푸레한 방에서 우리는 사이가 좋다. 외출이라도 했다가 돌아오는 날이면, 문 앞까지 마중 나온 어둠은 어디를 갔다가 이제 오느냐며 시커먼 두 팔을 벌리고 나를 안아준다. 그러면 나는 연인의 품속을 파고들듯이 어둠 속에 온몸을 내어 맡긴다. 주인의 가슴팍으로 뛰어드는 강아지처럼.

바깥
안에
있
는

벤치에 앉아 볕바라기를 한다. 손끝으로 가볍게 건반을 치듯, 이름 모를 새들의 지저귐이 선잠에 든 영혼을 두드린다. 놀이터의 아이들은 여전히 추위를 모른 채 뛰어놀고 있다. 특별할 것 없는 어느 날 오후의 한때. 누구나 철학자가 되기 좋은 순간이다. 뭐 하나 마음에 부대끼는 일 없는, 이렇게 평안한 시간이야말로 운명같이 거대한 관념을 생각하기 좋다.

　최초의 인류가 태어났을 때 오늘 이 시각의 평온함도 결정되었을까. 이때를 위해 인간은 그토록 많은 전쟁을 치르면서도 연년세세 살아남은 것일까. 그것은 끝내 알 수 없겠지만, 한 가지만은 분명하다. 나와 새소리와 아이들과 햇볕이 지금―여기에 모여 이 순간을 완성하고 있다는 사실. 이 모든 것이 한날한시에 모여 나무랄 데 없는 일상을 완성하는 기적. 평범한 일상을 맞는다는 것은 숙연한 일이다. 내가 상상하는 천국은 별일도 없고 무언가 애쓸 일도 없는 나날이 이어지는 곳. 신의 품속은 한없이 무료하고 권태로울 테다.

　나는 무릎 위에 내려놓았던 책을 다시 집어 든다. 어딘가 소용이 닿아서 읽고 있던 것은 아니다. 자기의 묘비에 "DON'T TRY"라는 말을 새겨놓았다는 작가의 인생과 생각이 궁금했다. 찰스 부코스키. 그는 문학에 대한 열정만큼은 남달랐지만, 문학을 뺀 삶은 되는 대로 산 모양이다. 갖은 고생 끝에 작가로서 명성을 쌓고도, 그는 그게 뭐 어쨌다는 것인가라는 태도로 살았다.

제멋대로였던 그는 세간의 질타를 받을 만한 일화를 여럿 남겼다. 그중 한 가지를 소개하자면 이렇다. 어느 라디오 방송에 출연한 부코스키는 자신은 셰익스피어를 좋아하지 않는다고 말했다. 이를 들은 한 독자는 그에게 편지를 보냈다. "당신은 셰익스피어를 좋아하지 않는다고 말해서는 안 됩니다. 많은 사람들이 당신 말만 듣고 셰익스피어를 읽으려고 하지 않을 것이기 때문입니다." 부코스키는 이후 자신의 에세이에 이 일을 언급하며 이렇게 썼다.

"야, 엿 먹어. 그리고 난 톨스토이도 좋아하지 않아!"

부코스키의 무례함을 옹호하고 싶지는 않지만, 그래도 그의 저 방약무인함에는 속이 시원한 구석이 있다. 마치 방에 혼자 있는 사람처럼 아무 거리낌 없이 말하고 행동하기. 누구에게나 방은 남에게 방해를 받아서는 안 되는 공간이다. 부코스키에게는 온 세상이 자기 방이나 다름없었는지 모르겠다. "DON'T TRY"라는 말은 아마도 그가 자기 방문에 내다 건 문패였을 것이다.

나도 저 말을 내 방문에 써 붙이고 싶다. 노력하지 마라. 하려고 하지 마라. 시도하지 마라. 애쓰지 마라. 하지 마라. 그 방에서 나는 아무것도 잃을 것이 없어서 자유로울 테다.

책을 덮고 나니 어느새 태양도 새들도 아이들도 사라지고 없다. 나는 벤치에서 일어나 창문을 닫는다. 창을 마주보는 데 놓인 자그마한 소파가 나의 벤치다. 소파 아니 나의 벤치는 방 안에 있는 바깥이다. 나는 벌써 이곳에서 수많은 풍경을 만났고 또 헤어졌다.

　　잠시 찰스 부코스키라는 이방인이 머물다 간 벤치에 기다렸다는 듯이 무료함과 권태가 찾아온다. 벤치에 천사처럼 내려앉은 그들 곁에 나도 엉덩이를 붙인다. 우리는 함께 창 너머로 무한히 펼쳐진 밤을 바라다본다. 마음만 먹는다면 우리는 이 별에 발 딛고 사는 모든 인간의 삶을 상상할 수도 있다. 지구는 내가 평생을 떠돌아도 다 가보지 못할 만큼 넓지만, 먼 우주에서 바라보면 그저 '창백한 푸른 점'에 불과하다. 점 하나를 상상하는 일쯤은 누구라도 할 수 있다.

　　"DON'T TRY." 나는 상상하기를 멈춘다. 소파 팔걸이에 머리를 받치고 누워 아무 생각도 하지 않는다. 무료함과 권태는 오늘 같은 일상이 곰비임비 쌓여 만들어지는 것이다. 나는 언제 허물어질지 모르는 이 천국의 시간을 좀 더 만끽하기로 한다.

　　신의 품속에서 나는 길고 느린 기지개를 켠다. 입을 한껏 벌리고 늘어지게 하품을 하자 눈가에 눈물이 고인다. 세상에는 고마워서 흘리는 눈물도 있다. 내일은 벤치에 기대어 셰익스피어나 톨스토이를 읽어야겠다.

전
문
가

방에 오래 있다 보면 본의 아니게 기다림의 전문가가 된다. 누구를
기다리는지도 모르면서 어느덧 기다림에 익숙해진다. 현관문을 두드
리는 소리에 나도 모르게 반가운 기색이 되었다가 금방 멋쩍어지기
일쑤다. 택배원, 가스 검침원, 전도를 하러 온 이들 말고는 아무도
노크할 사람이 없다는 것을 알면서도, 내 기다림에는 괜한 기대가 섞
여 있다. 정작 누구를 기다리는지도 모른 채.

　　나는 누군가를 기다리기 위해 노력한 적이 없다. 노력을 기울
이는 일조차 잘되기 쉽지 않은데, 아무 노력도 하지 않는 기다림 끝
에 나는 무엇을 기대하는 것일까. 이를 알면서도 무언가를 막연히 기
다리는 것은 뻔뻔한 일이다. 나는 사놓고 오랫동안 읽지 않은 시집 한
권을 펼쳐든다. 더 오래 기다리기 위해 책을 읽는다.

> 저는 혼자서도 모여 있지 못합니다. (……) 저는 산속에 갇혀 살기(殺氣)
> 감추는 법이나 익히며 될수록 될수록 사람을 피하고 산짐승들이나
> 길들일까요? 아니, 덫이 될까요? (……)
>
> 새를 잡았습니다, 날려주고
> 새를 잡았습니다, 날려주고
>
> 　　　　— 신대철, 「처형 1」(『무인도를 위하여』)에서

소
파
방 :
의 :
사
물
들 :
:

소파에 멍하니 앉아 보내는 시간이 많다. 창문을 마주 보는 소파는 상상하고 생각하고 추억하기에 좋은 장소다. 나는 소파에 몸을 비스듬히 기대고 가만가만 내 마음을 들여다본다. 한참을 그러고 있다 보면 둘이 앉기에도 부족함이 없는 소파가 문득 비좁게 느껴진다.

어느새 소파는 죽은 나로 붐빈다. 나는 누군가를 그리워하던 나를 이곳에서 죽였다. 무언가 탐내는 마음을 가졌던 숱한 내가 여기서 죽었다. 소파는 온갖 마음의 각축장. 소파에서 마음이 마음을 죽이고 또 죽어간다. 방금 전의 마음과 지금의 마음이 달라서, 나는 순간순간 소파에서 죽고 다시 태어난다.

"왜 그러고 살아?"
"그러고 사는 게 아니라 살려니 그러는 거지."

나였던 나와 나였었던 나의 담소는 잘 벼린 칼같이 날이 섰다가도 금세 마른 화초처럼 시들해진다. 결국 오늘도 권태와 귀찮음만이 남는다. 어제와 다를 바 없는 하루. 소파에 오래 앉아 있으면 삶이 대수롭지 않은 취미처럼 여겨진다.

이깟 삶이 대체 나와 무슨 상관이란 말인가. 보람도 없이, 아니 보람이 없어서 평온하다. 오늘도 만족스러운 날이었다고 읊조리며, 나는 더 깊숙이 소파에 몸을 묻는다. 창밖의 어둠이 바라다보이는 소파는 아무런 욕심 없이 잠들기에 더할 나위 없다.

자리
욕망
의

프랑스 철학자이자 비평가인 롤랑 바르트는 "대중문화란 욕망을 가
르쳐주는 기계다"라고 말했다. 마치 인간이 혼자서 욕망의 대상을 발
견하는 일은 불가능하다는 듯이, 대중문화는 "여기 당신의 관심을 끌
만한 것이 있다"라고 끊임없이 소리친다는 것이다.

　　나는 이 말뜻을 텔레비전이나 유튜브에 범람하는 광고를 보
며 이해한다. 평소에 그 필요성을 헤아려본 적이 없는 물건이건만 광
고를 보고 있자면 꼭 내가 바라던 물건을 이제야 찾은 것 같다. '괜찮
은데?'라는 생각은 곧 '갖고 싶다'로 바뀌었다가 이내 '꼭 필요하다'는
결론에 도달한다. 그것 없이 잘 살아왔음에도 저것만 있으면 내 삶이
더 나아질 것 같은 착각에 사로잡힌다. '이제껏 이런 것도 없이 어떻
게 살았지?'라는 생각이 들면 더는 돌이킬 수 없다. 이럴 때 손가락
은 생각보다 빠르다. 벌써 마음은 택배가 도착할 날을 손꼽고 있다.

　　물건을 받아든 기쁨은 짧으면 몇 시간, 길어야 며칠을 넘기지
못한다. 새로운 물건은 얼마 못 가 너무나 익숙한 내 방 풍경의 한 조
각이 되어 관심에서 멀어진다. 그사이 또 다른 택배가 내 방으로 오고
있다. 욕망하고 시들해지고 다시 욕망하고 시들해지는 일이 지치지도
않고 되풀이된다. 광고는 내게 욕망의 대상을 가르쳐주고, 언제 그랬
냐는 듯이 또 다른 욕망을 주입한다. 견물생심이라고, 없던 마음도 생

기게 하는 광고 마케팅의 기술이 참 대단하다.

그런데 생각해보면 정작 없어서는 안 될 생필품 광고는 잘 보이지 않는다. 어느 집에서나 늘 사용하는 물건은 굳이 광고를 하지 않더라도 그때그때 알아서 구매하기 때문이다. 반대로 생각하면 광고에 열심인 물건은 대체로 우리에게 없어도 되는 것들이다. 삶에 필요하지 않은 물건일수록 광고는 화려하다. 없어도 되는 것을 팔려니 그만큼 강렬하게 우리를 유혹하는 것이다.

"뭐 필요한 거 없어?" 얼마 전 생일을 며칠 앞두고 있는 내게 친구가 문자메시지를 보내왔다. 나는 방을 한 바퀴 빙 둘러보며 내게 부족한 것이 있는지 곰곰이 따져보았다. 딱히 필요한 것은 없었다. 사실 그런 것이 있었더라면 굳이 생각해볼 것도 없이 친구가 문자마자 떠올랐을 테다. 누구나 살아가는 데 없어서는 안 되는 것이라면 이미 집에 다 갖추어져 있다.

"응. 그런 거 없어." 나는 친구에게 답장을 보냈다. 그런데 이상하게도 답장을 보내놓고 나니 방금 전까지는 아무렇지도 않았던 것들이 달리 보였다. 운동화도 좀 해진 듯하고, 이 계절에 입을 만한 옷도 몇 벌 없어 보였다. 모니터도 좀 작게 느껴지고, 노래를 틀어놓은 스피커의 음향도 어딘가 성에 차지 않았다. 나는 친구의 한마디가 없던 욕망을 일깨우고, 그 욕망이 또 다른 욕망을 추동하는 것을 느끼며 놀랐다. 외출을 거의 하지 않으면서도 옷 욕심을 내고, 멀쩡한 물건에서 애써 흠을 찾아내는 스스로가 당황스러웠다.

악마와 계약을 해서라도 시인이 되고 싶었던 시절이 있었다. 내 삶에서 그만큼 무언가를 간절히 원했던 적은 없다. 대학을 졸업할 무렵 그토록 바라던 당선 통지를 받고, 나는 여기저기 이 낭보를 알렸다. 그중에는 내가 은사로 여기는 한 시인도 있었다. 내 전화를 받으신 선생님은 축하의 말과 함께 조금은 맥이 빠지는 조언을 건네셨다.

"엄청 좋지? 날아갈 것 같고, 세상을 다 가진 것 같지? 그런데 그거 아무리 길어봐야 보름이다. 달라지는 건 없어. 너무 달뜨지 말고 더욱 정진해라." 선생님 말씀을 들을 때는 왜 찬물 끼얹는 소리를 하시나 못내 서운했는데, 그 얘기는 금세 사실이 되었다. 시인이 되었다는, 필생의 꿈을 이뤘다는 환희는 채 일주일을 가지 못했다.

시인이 되면 곧장 많은 것이 달라질 줄 알았지만, 삶은 여전했다. 시인이 되었다는 기쁨은 손바닥 뒤집듯이 이제부터는 더욱 좋은 시를 써야 한다는 부담감으로, 등단만 하고 잊히는 시인이 되지 않아야 한다는 압박감으로, 시인으로 살아가는 일의 막막함으로 뒤바뀌었다.

시를 쓰지 못한 지 오래되었고, 마음에 드는 시를 쓰지 못한 지는 더 오래되었다. 시인으로 살 수 있다면 영혼이라도 팔 수 있었던 마음은 온데간데없어졌다. 나는 친구에게 필요하지는 않지만 갖고 싶은 것은 있다고 다시 말하려다가 그만두었다. 그 시절 그렇게 열렬했던 욕망의 자리가 문득 너무나 차갑게 느껴졌기 때문이다. 어떤 욕망의 불꽃도 거기에서는 쉬이 식어버릴 성싶었다.

우습게도 스마트폰을 든 손은 부지불식간에 벌써 이런저런 쇼핑몰을 뒤져보고 있었다. 나는 스마트폰을 내려놓고 컴퓨터 앞에 앉았다. 모니터는 시를 쓰기에 쓸데없이 너무 컸다.

머
리
카
락
방
의
사
물
들
..

방바닥을 비질하는데 머리카락 한 올이 눈에 띈다. 내 것이라기에는 너무 긴. 나는 머리카락을 책갈피 삼아 추억의 페이지를 넘겨본다. 내 방에는 오랫동안 다른 이의 인기척이 없었기에 추억의 대부분은 빈 페이지다. 누군가 여기 있었을 텐데 그게 너무 옛날이야기 같다. 실제로 누군가 왔었던 것인지, 모든 것이 상상이거나 언젠가 보았던 영화 속 한 장면인지 분간할 수가 없다.

열린 창문 틈으로 들어온 바람이 얼굴을 스친다. 창문은 한 다발의 머리카락이 드나들 수 있을 만큼 열려 있었다. 언제부터 그랬는지 모를 창문 밖으로 나는 낯선 머리카락을 날려보낸다. 그리고 손빗으로 여러 번 내 머리를 쓸어넘긴다. 몇 가닥 머리칼이 손가락 새에 걸린다. 그것도 바깥바람에 흘려보낸다. 이제 내게도, 어디선가 창문을 열어놓고 있는 누군가에게도, 어쩌면 낯모르는 머리카락에 대한 추억거리가 생겼을지 모른다.

머리카락만큼 가늘고 얇은, 다만 사소한 것일지라도.

야옹야옹

병원에 다녀왔다. 마지막으로 갔던 것이 언제였는지 잘 기억나지 않을 정도로 오랜만이었다. 나는 어지간해서는 병원 문턱을 넘지 않는다. 웬만큼 아픈 것은 저절로 나을 때까지 참고 견딘다. 인체의 자연치유력을 자못 신뢰하는 편이기도 하고, 무엇보다 병원에 드나드는 일이 몹시 번거롭기 때문이다. 때를 맞춰 약을 바르거나 먹는 것도 내 성정에는 성가시기만 하다.

지금은 많이 달라졌지만, 십수 년 전에는 부러진 다리에 스스로 부목을 댈 만큼 병원 출입을 꺼렸다. 덕분에 뼈가 제대로 붙지 않아 지금껏 후유증에 시달리고 있다. 참 미련한 짓거리가 아닐 수 없지만, 어쨌든 나는 이제껏 "시간이 약이다"라는 자체 처방전으로 이런저런 병을 고치며 살아왔다. 마음의 아픔도 마찬가지다.

이번에 병원을 찾은 것은 어디가 크게 아파서는 아니었다. 언제부턴가 콧속에서 자꾸 진물이 났는데, 이게 멈추질 않았다. 그냥 내버려두면 진물이 딱지처럼 굳어서 숨을 쉬기 힘들었다. 자다가도 막힌 코가 답답해서 깨기 일쑤였다. 자나 깨나 수시로 코를 푸는 수밖에 없었다. 금방 낫겠지, 낫겠지 하는 동안 일주일이 지났다. 그간 두루마리 휴지를 몇 통이나 썼는지. 통증보다도 휴지를 끼고 사는 불편함을 더는 견딜 수 없었다.

49

어느 병원에 가야 하나. 오랜만에 병원을 찾으려니 진료 과목도 헷갈렸다. 내과는 아니고…… 소아과도 아니고…… 성형외과는 더더욱 아니고……. 코가 아프면 어디를 가야 하나. 코가 한자로 '비' (鼻)라는 것을 떠올리기까지 한참이 걸렸고, 다시 이비인후과를 생각하기까지 또 시간이 걸렸다.

코를 훌쩍이며 병원에 가는 사이 '혹시나' 하는 마음이 떠나지 않았다. 내가 병원을 기피하는 이유 중의 하나가 이 '혹시나'였다. 병원에 갈 결심을 하면 괜한 걱정부터 든다. 어쩌면 내가 전혀 생각지도 못했던 큰 병일지 모른다는 불안과 염려. 이 마음고생을 생각하면 차라리 "모르는 게 약" 아닌가. 병원에 가는 일은 괜한 맘고생을 사서 하는 것이고, 시간이 지나면 저절로 나을 것을 긁어 부스럼 만드는 꼴 아닌가. 물론 이 역시 병을 키우는 어리석은 생각이다.

나는 병원 입구에서 자꾸 뒷걸음질하려는 마음을 다잡았다. 이런 고민을 하는 동안에도 나는 계속 코를 훌쩍거리고 있었다. '나이가 몇 살인데. 진짜 코흘리개가 따로 없구나.' 나는 심호흡을 한 번 하고 병원 문을 밀고 들어갔다.

혹시나 하는 마음이 무색하게 진찰은 눈 깜짝할 새에 끝났다. 얼마나 하찮은 증상이었는지 의사는 내게 제대로 된 병명도 알려주지 않았다. 그저 연고와 먹는 약을 처방해줄 테니 제때 잘 바르고 잘 먹으라는 말뿐이었다. 약국에서 피부염에 바르는 연고와 항생제, 소염제 따위가 든 약봉지를 받아들고 집으로 돌아가는데 공연히 마음이 복잡했다. 진작 이럴 걸 싶다가도 고작 이런 일로 병원을 찾은 것이 어쩐지 무안했다.

그나저나 약은 식후 30분에 복용인가…… 요즘 약은 그런 거

없나⋯⋯. 온갖 상념에 잠겨 터벅터벅 걷고 있는데, 불쑥 교복을 입은 한 무리의 학생들이 나를 앞질러갔다. 아주 일상적인 풍경일 뿐인데 오늘따라 봄 햇살 아래 서로 티격태격하며 꺄르르 웃는 아이들의 모습이 눈에 인장처럼 박혔다. 느닷없이, 내가 나이를 먹었다는 생각이 들었다.

그러고 보니 요즘은 허리도 좋지 않았다. 자고 일어나면 곧잘 허리가 뻐근했다. 침대도 자는 자세도 자는 시간도 전과 다름없는데 왜 이럴까. 달라진 것이라고는 내 나이밖에 없었다. '그래, 그 무엇도 시간의 풍화작용을 벗어날 수 없지. 시간은 약이면서, 독(毒)이기도 하구나. 약도 체질에 맞지 않으면 독이 되고, 독도 적당히 쓰면 약이 된다는데. 내게 맞는 시간은 무엇이고, 시간을 적당히 쓴다는 것은 무엇일까.'

한번 피어난 잡념은 도깨비바늘처럼 쉽게 떨쳐지지 않았다. 손에 든 약봉지는 거의 무게가 느껴지지 않을 만치 가벼운데, 집으로 가는 걸음이 점점 무거워졌다. 나이에 대해 생각한다는 것 자체가 이미 나이를 먹었다는 증거라는 데 생각이 미치자, 나는 좀 서글퍼졌다.

집은 여느 때와 마찬가지로 조용했다. 나는 식탁 위에 약봉지를 내려놓고, 슬그머니 방 한구석에 있는 안락의자로 가보았다. 독서용으로 산 것인데 고양이들이 쉼터로 잠자리로 낙점하는 바람에 정작 나는 제대로 써본 적이 없는 물건이다. 으레 고양이들은 거기서 자고 있었다. 미소를 띤 듯 상냥한 표정으로. 무슨 꿈을 꾸고 있을까. 나는 태극무늬처럼 서로 몸을 맞대고 잠들어 있는 고양이들을 물끄러미 내려다보았다.

'아무리 길어봐야 십 년 후면 이 모습을 다시 볼 수 없겠지. 이들은 지금 한때의 고요함을 넘어 영원한 침묵으로 갈 테다. 나이를 먹는다는 것은 조용해지는 일인가. 우리는 모두 우렁차게 울면서 태어나지만, 끝내는 모두 침묵으로 돌아간다. 관 뚜껑을 덮는다는 속된 말은 어쩌면 진짜 관이 아니라 다시는 열릴 수 없는 입에 대한 비유일지 모른다.'

내 시선을 느꼈는지 고양이들이 가만 실눈을 뜨더니 나를 빤히 쳐다봤다. 그것도 잠시. 그들은 곧 눈을 감고 서로의 품속에 더 깊이 몸을 묻었다. 좀 알은체라도 하지. 서글픈 마음이라 모든 것이 서글프게 보이는지 평소 사랑해 마지않는 고양이들의 태도가 괜히 서러웠다. '얘들도 진짜 나이를 먹었구나. 확실히 누워 있는 시간이 늘었어. 예전에는 안 그랬는데.'

몇 년 전까지만 해도 집 안은 곧잘 소란스러웠었다. 고양이 두 마리가 서로 쫓고 쫓으며 꼬리잡기를 하고, 혼자서도 흔히 '우다다'라고 하는 뜀박질을 그치지 않았다. 장난감을 내 앞까지 물고 와서 놀아 달라고 보채기도 일쑤였다. 그러던 것이 어느덧 모두 뜸해졌다. 귀찮아하지 말고 좀 더 놀아줄 걸. 요즘은 내가 낚싯대 장난감을 들고 흔들어도 고양이들은 별 반응이 없다. 매사 시큰둥해진 게 고양이뿐은 아니지만.

나는 살며시 고양이들의 몸에 손을 얹었다. 그들의 체온과 숨을 쉬며 살짝살짝 오르내리는 배의 리듬이 고스란히 전해졌다. 생명을 감각하는 내 손길에도 어쩐지 활기가 도는 느낌. 내가 어렸을 때 밤늦게 술에 취해 돌아온 아버지도 이랬을까.

백지야, 오복아.

나는 나지막이 고양이들의 이름을 읊조렸다. 고양이들이야 사람이 붙여준 이름 따위 아무래도 상관없겠지만, 어쨌든 나는 두 분 고양이를 백지와 오복이라고 불렀다. 올해로 일곱 살이 된 첫째에게 백지라는 이름을 붙인 데는 두 가지 이유가 있다. 하나는 아무것도 쓰이지 않은 백지(白紙)처럼 세상 근심 모르고 행복하게 살라는 뜻이고, 다른 하나는 눈동자가 내가 좋아하는 홍콩 배우 장백지를 닮아서다.

백지는 지인에게 분양받았다. 그는 암수 두 마리의 고양이를 키우고 있었다. 수컷을 중성화수술했는데 암컷의 배가 불러와 동물병원을 찾으니 임신이었다. 어찌된 일인가. 수의사와 날짜를 따져보니 중성화수술을 하기 일주일 전쯤 둘이 일을 치른 모양이었다. 몇 달 후 암컷은 두 마리 새끼를 낳았다. 졸지에 네 마리 고양이를 키우게 된 지인은 정신을 차리지 못했다. 집은 금세 고양이 집에 사람이 얹혀사는 꼴이 됐다. 혼자서 고양이 네 마리를 감당할 수 없었던 그는 내게 한 마리를 키워볼 생각이 없느냐고 물었다.

경제적인 여건이 되는지, 돌볼 시간이 있는지, 앞으로 최대 2박 3일 이상 집을 비우지 않고 살 자신이 있는지 등등, 나는 한참을 고민했다. 그러다 결국 독립할 때가 된 백지를 집으로 데려왔다. 이름 덕택이 아니라 부모와 지인에게 사랑을 받으며 자랐기 때문이겠지만, 그 뒤로 백지는 우리집에서 정말 백지처럼 살고 있다. 전혀 구김살이 없고, 누구도 의심하거나 경계하지 않는다. 흔히 말하는 개냥이. 해코지를 당한 적이 없어서 누군가 자기를 괴롭힐 수 있다는 상상조차 못하는 듯하다. 낯선 사람도 꺼리지 않고, 아무에게나 배를 보이고 이마를 부비며 애교를 부린다. 우리집에 찾아온 손님을 접대하는 것도 백지의 몫이다.

한 살 아래 오복이는 여러모로 백지와 반대다. 오복이는 다 죽어가는 것을 구조한 아이다. 구조한 분의 얘기에 따르면 웬 새끼 고양이가 집 근처에서 사흘 밤낮을 울었다고 한다. 사람 손을 타면 어미가 찾지 않을까 봐 가만히 지켜보기만 했는데, 사흘째 되는 날 장맛비를 쫄딱 맞으며 서럽게 우는 꼴을 더는 두고 볼 수 없어서 집으로 들였다고 한다. 그분도 이미 고양이를 네 마리나 데리고 있던 터라 누군가 대신 맡아줄 이를 찾았는데, 건너건너 나에게 인연이 닿았다.

오복이는 예상했던 대로 건강이 좋지 않았다. 동물병원에 데려가니 어린것이 무엇을 주워 먹었는지 뱃속에 기생충이 많았고, 영양결핍이었다. 꼬리도 돼지 꼬리처럼 말린 기형이었다. '오복'(五福)이라는 이름은 그래서 붙였다. 온갖 복을 받으며 건강하게 살라는 마음에서였다.

다행히 지금 오복이는 무척 건강하다. 다만 어린 날의 기억이 마음의 상처로 남았는지 성격이 유난히 소심하다. 무척 겁이 많고, 사람에게 쉬이 곁을 내주지 않는다. 오래 같이 산 나에게는 애교도 곧잘 부리는데, 낯선 사람만 보면 어디 구석에 들어가서 좀체 얼굴을 비추지 않는다. 집 밖에서 자동차 경적 따위의 큰 소리라도 나면 세상이 무너지기라도 하는 양 놀란다. 물론 그럴 때 백지는 의젓하게 미동도 없다.

그래도 요즈음 오복이는 우리집에 몇 번 놀러와 안면이 익은 이에게는 알은체를 하기도 한다. 처음 일이 년간은 내 손길에도 주뼛거렸으니 장족의 발전이다. 내게 그랬듯 오복이에게도 시간이 약이 되었다.

　계속 몸을 쓰다듬고 있자니 고양이들이 고르릉고르릉 소리를 내었다. 흔히 '골골송'이라고 하는 이 소리는 실제로 사람의 심신을 안정시키고, 병증을 완화하는 효과가 있다고 한다. 반려동물을 키우는 사람은 그렇지 않은 이에 비해 평균수명도 길다고 한다. 그러고 보면 내가 집에서 마음 편히 지내는 것도, 크게 아픈 데 없이 밥 굶지 않고 사는 복을 누리는 것도 고양이 덕택인지 모른다.

　어쩌면 고양이들은 "백지야" "오복아"를 제 이름이 아니라 내 이름으로 알고 있는지도. 고양이들은 '백지'와 '오복'이라는 말을 저를 부르는 소리가 아니라, 나를 좀 보아달라고 내가 그들에게 보내는 신호쯤으로 여길지도 모르겠다. 하기야 누가 백지고 누가 오복이면 어떤가. 중요한 것은 지금 이 한때의 평화로움. 언젠가 다시는 느낄 수 없게 될 이 순간이다.

> 고양이를 때릴 뻔했다
> 때리지는 않았지만 때린 것보다도 더
> 내가 고양이를 때릴 수 있었다는 사실이
> 나를 때렸다
>
> 특별한 일이 있었던 것은 아니었다
> 여느 날과 다름없는 여덟 시간의 노동
> 먹는 것도 일이라서 흘려버린 점심
> 밥을 먹자 밥을 먹자 곱씹던 퇴근길

문을 열자 내게 안기는 고양이들의
똥오줌 냄새, 쌓여 있는 설거지
선반에서 바닥으로 추락한 화분
밥을 달라 밥을 달라는 고양이들의 칭얼거림

똥오줌을 치우고 창문을 열고
흙바닥이 된 방바닥을 쓸고 닦고
그러는 동안 고양이는 헤어볼을 토했고
책상 아래서 씹다 뱉은 이파리를 발견했고

어서 밥을 먹자 밥을 먹자 설거지를 하는 내내
밥을 달라 밥을 달라 낑낑거리는 울음
때릴 수는 없었지만 때리고 싶다는 생각이
나를 때리고 때렸다

까득까득 사료를 씹고 있는 고양이들을 보며
울음, 그것이 아니고서는
우리는 서로에게 아무것도 전할 수가 없구나
까득까득 눈 속에서 까득까득 부서지는

고양이와 나의 밥그릇을 다시 설거지하고
어제와 다를 것 없이 씻고 자려고
비누를 잡는데, 쓱
고양이처럼 손안에서 미끄러진다

다시 집은 비누가 스윽 손아귀를 달아난다

고작 비누 하나가 손에서 빠져나갔을 뿐인데

나는 울어버려야만 할 것 같았다

비누를 부르기 위해서

화장실 밖에 앞발을 모으고 앉아 있는 고양이들

엉거주춤한 나를 보는 선한 눈동자들

까득까득 까득까득 까득까득

고양이세수를 하고 우리는 잔다

— 「고양이세수를 배우는 저녁」 전문

　나는 컴퓨터를 켜고, 모니터에 얼마 전에 마무리한 시를 띄웠다. 불쑥 이 시를 고쳐 써야겠다는 생각이 들었다. 시에서처럼 한때 내 신경을 긁었던 고양이들의 저 소란스러움이 오늘은 다시없이 귀하게 여겨졌다. 아이들이 깨면 혀를 빼고 숨을 헉헉거릴 때까지 놀아주어야지.

　우다다 고양이들이 달리는 소리, 우당탕 고양이들이 사고를 쳐서 높은 데 있던 물건이 떨어지는 소리, 야옹야옹 화장실을 치워달라 밥을 달라 보채는 소리……. 나는 갑자기 이 소리들이 몹시 그리웠다. 고양이를 혼내고 싶었던 마음을 자책하는 시가 아니라 고양이더러 더 시끄럽게 굴라고 등을 떠미는 시를 쓰고 싶어졌다.

　이런 마음을 알까. 나는 모니터에서 고개를 돌려 고양이들을 쳐다봤다. 그들은 여전히 쌔근쌔근 자고 있었다. 자, 어서 일어나서 날뛰라고. 마음 같아서는 고양이들을 깨우고 싶었지만, 내 욕심을 채우자고 그들을 귀찮게 할 수는 없었다. 나도 자는 데 깨우는 건 질색이니까.

나는 자리에서 일어나 두 분 고양이와 한 사람이 살고 있는 열서너 평짜리 방을 둘러봤다. 지금 이 순간을 담아두어야 할 성싶었다. 사진이 아니라 마음으로.

집은 사람이 살지 않으면 금세 폐가가 된다는 말이 있다. 그대로 두면 사람 손에 닳는 데 없이 더 오래갈 것 같지만, 여기저기 사람 손이 미치지 않는 집은 쉽게 병든다. 쓸고 닦고 수리하는 손길이 필요한 것이다.

그런데 오후 한때의 고요함 속에서 고양이들의 소란스러움에 대해 생각하다 보니 저 말이 좀 다르게 다가왔다. 사람이 살지 않는 집은 조용함을 견딜 수 없어서 무너지는 것은 아닐까. 기둥이나 대들보가 아니라 사람의 발걸음 소리, 웃고 울고 떠드는 소리가 집을 떠받치는 것은 아닐까. 바람이 빠지는 풍선처럼 안에 소란함이 없는 집은 그렇게 허물어지는 것이 아닌가.

이렇게 생각하니 조금 전까지 나이 때문에 시끄러웠던 마음도 마냥 나쁜 것만은 아니었다. 내가 집이라면 마음은 거기에 사는 사람일 테니. 번잡한 마음이야말로 살아 있다는, 내가 아직 나이를 덜 먹었다는 증거 같았다.

나는 부스럭부스럭 종이봉투에서 약을 꺼냈다. 간식을 까는 소리로 착각했는지 어느새 잠을 깬 고양이들이 다가와 내 발목에 이마를 부비며, 야옹야옹 울었다. 시끄러워서 듣기 좋은 소리였다. 그

래, 그래. 나는 간식을 달라고 우는 고양이들에게 알아들었다는 시늉
을 했다.

　　나는 나를 앞질러 먼저 밥그릇 앞에 가 있는 고양이들을 뒤에
서 가만히 바라보았다. 아주 일상적인 광경일 뿐인데 오늘따라 그 모
습이 낯설게 다가왔다. 나는 고양이처럼 야옹야옹 울어보았다. 왜 저
러냐는 눈빛으로 고양이들이 뒤를 돌아봤다. 야옹야옹. 약이기도 하
고 독이기도 한 시간으로부터 무언가 지키기 위해서, 우리의 집이 허
물어지지 않도록, 나는 언제까지나 이렇게 울고 있어야만 할 것 같
았다.

　　야옹야옹.

오늘의 날씨

흐림

외롭고 쓸쓸한 날이다. 무슨 일이 있는 것은 아니다. 이 감정은 습관 같은 것. 때를 맞춰 울리는 배꼽시계의 허기짐 같은 것. 세금 고지서처럼 날아드는 것. 가깝지도 않고, 모르지도 않는 이의 부고장 같아서 마주하기에는 부담스럽고 외면하기에는 찜찜한 것. 종이에 베인 생채기처럼 치료하기에는 너무 사소하고, 내버려두자니 따끔따끔 성가신 것. 잠에서 깨면 그뿐인 악몽처럼 그 속에 있을 때는 죽을 것 같지만 사실 아무것도 아닌 것. 잠꼬대에 불과한. 내 귀에만 들리는 귀신의 말소리 같은 것. 그러나 귀신의 재료는 사람이니 낯설지만은 않은 것. 사람이 귀신이 되듯이 나라는 탈을 쓰고 떠도는 것. 그렇게,

우리는 누군가가 준 상처를, 누구도 없이 참는다.
누군가가 준 고독을, 누구도 모르게 견딘다.

식 탁
방 의
사
물
들
..

물푸레나무로 만든 식탁이다. 나이테가 선명하여 무늬가 아름답다.
옛날에는 물푸레나무로 도리깨 따위의 농기구나 벼루, 설피, 배, 수
레 등을 만들었다고 한다. 일본 원주민인 아이누족은 몸에 문신을 새
길 때 물푸레나무를 썼다. 그들은 물푸레 삶은 물로 문신한 데를 닦
아 소독했다. 물푸레 껍질을 달인 물은 한약재로도 쓴다. 눈병, 통
풍, 소염, 설사, 진통 등에 효험이 있단다.

요즘 물푸레나무는 가구나 야구방망이, 스키 등을 만드는 데
쓰인다. 굳으면서도 탄력이 있는 성질 때문이다. 지금 내 방에는 한
그루의 물푸레나무가 있다. 이 나무는 다른 모든 가능성을 뒤로한 채
오로지 식탁으로 서 있다. 사람들은 모두 식탁이라고 부르지만, 여전
히 그것은 물푸레나무이기도 하다. 식탁이면서 물푸레나무이고, 물푸
레나무이자 식탁이다.

물푸레나무는 '물을 푸르게 하는 나무'라는 뜻이다. 수청목
(水靑木)이라고도 부른다. 말 그대로 물푸레 껍질을 물에 담그면 물
이 푸르게 된다고 한다. 옛적 수도승들은 물푸레나무를 태워 옷을 염
색했다. 물푸레 잿물로 물들인 승복은 파르스름한 잿빛이 돌고, 쉽게
색이 빠지지 않는단다. 물푸레 달인 물로 먹을 갈아서 쓴 글씨도 색이

잘 바래지 않아서 천 년을 견딘다고 한다. 또 물푸레나무 생가지는 불에 잘 타서 지난날 눈 속에서 길을 잃은 사람은 이 나뭇가지를 불태워 추위를 이겨냈다고 한다.

지금 내 방에 식탁의 모습으로 서 있는 물푸레는 이 모든 가능성을 향해 열려 있다. 물푸레나무 식탁의 네 자리도 비어 있어서 나이테가 아름답고 마음결이 고운 사람들이 함께 밥을 먹기에 넉넉하다. 나는 물푸레나무 식탁에 턱을 괴고 앉아, '물푸레'라는 말을 천천히 읊조려본다. 방 안의 공기가 푸르게 물들어간다.

사 말
람 의

되도록 사람 얘기를 쓰려고 하는데, 다시 고양이 이야기다. 대부분
의 시간을 방에서 고양이들과 보내니 어쩔 수가 없다. 하다못해 스팸
이나 보이스피싱 전화라도 오지 않으면, 사람과 말 한마디 하지 않고
지내는 날이 많다. 간혹 사람의 말이 그리운 날, 나는 알아듣지 못하
는 것을 알면서도 고양이들에게 말을 붙인다. 외국 생활을 하는 사람
이 잊지 않으려고 일부러 모국어를 발음해보듯이.

　　고양이들의 반응은 대체로 뜨뜻미지근하다. 귀를 쫑긋거리거
나 반쯤 감긴 눈으로 나를 슬쩍 돌아보고, 그뿐이다. 애당초 살아 움
직이는 것이라면 무엇이든 말을 걸어보고 싶었던 참이니 나는 그것으
로 만족한다. 뭐야, 별 싱거운 녀석 다 보겠군. 그러면 고양이들은 몸
을 반쯤 담그고 있던 꿈나라로 돌아가거나, 내 말소리 때문에 잠시 멈
추었던 몸단장을 마저 한다.

　　나는 한동안 고양이들의 눈빛이 머물렀던 허공을 멍하니 바
라본다. 내 하루는 대개 이런 바보 같은 순간들로 점철되어 있다. 눈
빛도 소리도 태어나자마자 사라지지만, 이 광대한 우주 어딘가에는
그것들이 모여 사는 천국도 있지 않을까. 또 내 하루는 이런 얼토당
토않은 상상으로 채워져 있다. 이런 나날 속에서는 사람 이야기를 하
기가 쉽지 않다.

요 며칠은 잘 자지 못했다. 백지가 시도 때도 없이 울었던 탓이다. 예닐곱 해를 함께 살다 보니 고양이가 우는 까닭은 대충 짐작할 수 있다. 밥그릇이나 물그릇이 비었거나 화장실의 청결 상태가 마음에 들지 않거나. 냉장고 위같이 높은 데 올라갔는데 막상 내려오려니 겁이 나서 좀 내려달라고. 가만히 구경하던 창밖에서 무슨 일인가 벌어졌을 때. 그도 아니면 놀아줘 또는 만져줘.

그런데 근래 백지의 울음은 이유를 알 수가 없었다. 나는 백지의 울음소리가 들리면 반사적으로 자리에서 일어나 밥그릇과 물그릇과 집 안의 높은 데를 살폈다. 창밖을 기웃거리며 뭔 일이 있나 보고, 끝내는 백지를 무릎 위에 앉히고 쓰다듬어주었다. 내 손길이 닿으면 조용해졌지만, 그때뿐이었다. 품을 벗어난 백지는 내가 못 본 사이 저 혼자 어떤 억울한 일이라도 겪은 양 다시 서럽게 울었다.

처음에는 왜 그러냐고 어르고 달랬지만, 하루 이틀 울음소리가 이어지자 나도 점점 신경이 날카로워졌다. 도대체 왜 그래, 나보고 어쩌라고. 슬슬 짜증이 올라왔다. 아무리 울어도 해결되는 것이 없으니 답답하고 짜증나기는 백지도 마찬가지. 사람이라면 어찌어찌 보디랭귀지라도 소통이 될 텐데, 우리의 불통에는 방법이 없었다. 시간이 갈수록 서로 지치고 상처받을 뿐.

결국 나는 백지의 울음소리를 못 들은 체했다. 포기를 했는지 백지의 울음소리도 점점 사그라졌다. 곧 집 안은 조용해졌지만, 어째서인지 마음은 편하지 않았다. 이해와 공감이 아닌 외면과 무관심에서 오는 평화. 불편한 침묵의 탈을 쓴 평화는 아주 꺼림직한 것이었다. 사람이었다면 둘 중 하나는 견디지 못하고 집을 뛰쳐나갔을 것만 같은.

차라리 영화에 흔히 나오는 사나이 우정의 클리셰처럼, 서로

치고받은 다음 한바탕 크게 웃으며 화해하면 좋을 텐데. 집 안을 짓누르는 무거운 적막 속에서 나는 말이 통한다는 것, 사람의 말이 얼마나 소중한지 새삼 깨닫고 있었다.

백지가 잠잠해진 어느 날 밤, 친구에게 전화가 왔다. 부부 사이에 대한 넋두리였다. (왜 결혼 근처도 못 간 내게 상담하는 거지?) 친구는 곧 두 번째 결혼기념일을 앞두고 있었다. (내 상상으로는) 신혼 재미로 깨가 쏟아질 시기에 그를 덮친 고민은 이랬다.

자기는 이제 포기할 것은 포기했고, 그저 안정적으로 살고 싶은데, 상대는 여전히 현실에 발을 붙이지 못한다는 것. 툭 하면 회사를 관둘 생각부터 하고, 가정의 안녕보다는 자신이 못다 이룬 꿈을 더 소중하게 여기는 것 같아 걱정이라고 했다.

처음에는 달래도 보고, 그럴 거면 화끈하게 질러보라며 격려를 하기도 했는데, 상대는 늘 갈팡질팡하기만 할 뿐. 이러지도 저러지도 못한 채 매사에 불만만 쌓여가고 있다고 했다. 그런 모습을 지켜보는 것이 힘들고 지친다고, 갑자기 닥칠지 모를 불안한 미래가 두렵다고도 했다. 우리는 철듦과 꿈과 미래와 생활고를 두고 제법 오래 대화를 나눴다.

그래서 어떻게 하면 좋을까.

나는 친구에게 응응, 그래, 이해한다, 사람이 다 그렇지 따위의 흔한 말밖에 할 수 없었다. "대화를 해보지 그래?" 그나마 이 말이 내가 해줄 수 있는 가장 현명한 조언이었다. "대화라면 이미 충분히 해봤는데, 어느 선에서 더 이상 말이 안 통하는 것 같아. 사실 위로를 기대하고 연락한 건 아니지만, 진짜 아무 위로도 안 되는구나." 친구는 농담조로 이렇게 말했다.

통화를 마치고, 나는 백지를 쳐다봤다. 친구에게는 미안하지만, 사람의 말로도 서로 통하지 않는다는 것이 내게 어쩐지 위안이 됐다. 내가 조금은 덜 나쁜 사람처럼 느껴졌다.

잠들기 전 고양이 화장실을 치우다가 마음이 덜컥 내려앉았다. 고양이 모래 군데군데 붉은빛이 묻어 있었다. 양이 많지는 않았지만, 혈변 같았다. 아, 방광염이었구나. 나는 왜 진작 그 생각을 못했는지 스스로가 한심했다. 방광염은 고양이가 가장 많이 앓는 병이다. 백지도 이제껏 두 번 치료를 받은 적이 있다. 아파서 울었구나. 백지는 몸의 이상을 알리려고 그렇게 운 듯했다.

원래 다 큰 고양이는 영역을 침범당했거나 발정기가 아니면 잘 울지 않는다. 고양이의 의사소통 방법은 청각(울음소리), 후각(냄새), 시각(몸짓)인데 고양이끼리는 울음소리로 의사소통하는 일이 거의 없단다. 성묘가 되어서는 대부분 몸짓과 냄새로 소통하는데, 유독 사람에게만 야옹댄다. 몸짓과 냄새만으로는 사람에게 제 뜻을 온전히 전달할 수 없음을 알고 있어서다.

백지 역시 울음소리가 아니고서는 제 아픔을 이야기할 길이 없었을 테다. 미안함과 자책감이 해일처럼 마음을 덮쳤다. 내가 몰랐어, 미안해, 내일 병원에 가자. 나는 백지에게 사과했다. 백지가 내 사과를 알아들을 리 없지만, 그래도 나는 그래야만 했다. 아니 생각보다 먼저 말이 튀어나왔다. 손끝에 마음을 담아 백지를 쓰다듬고 있는데, 좀 전에 통화를 마친 친구에게서 문자메시지가 왔다.

"요즘 애묘인들 사이에 난리래. 고양이 언어 해석 어플. 너도 이거 깔고 애들한테 말 시켜봐."

"무슨 욕을 할지 무서워서 못 깔겠다."

나는 친구에게 답장을 하고 자리에 누웠다. 백지도 오복이도 여느 때와 같이 나를 따라와 침대 한쪽에 몸을 말았다. 평소라면 "애들아, 더워, 땀띠 나겠어, 저리 좀 가"라고 말했을 테지만, 오늘은 잠자코 있었다. 저 몸짓과 온기로만 할 수 있는 이야기가 또 있을 것 같았다.

서랍
방의
사물들..

잠에서 깬 순간 문득 혼자라는 기분이 들 때가 있다. 방이 방주(方舟)같고, 나는 혈혈단신으로 망망대해를 표류하는 느낌이다. 나는 아니라는 것을 알면서도 방의 이곳저곳을 둘러본다. 화장실을 똑똑 두드려보기도 한다. 역시 방에는 아무도 없다. 방에는 누구 한 사람 몸을 감출 만한 데가 없다. 누군가 길을 잃고 헤맬 일이 없다. 그걸 알면서도 나는 괜히 방 여기저기를 살펴본다.

　말도 안 된다고 생각하면서도 끝내는 서랍까지 열어본다. 사람은 숨을 수 없어도, 몇 장의 마음쯤은 너끈히 숨길 수 있지 않은가. 아무라도 여기에 한 장의 마음을 감춰놓았다면, 오늘밤 나는 수십 쪽의 답장을 적을 것이다. 누군가 마음이라는 단어 하나를 숨겨놓았다면, 나는 당장 마음에 대한 백과사전을 쓰기 시작할 테다. 그러나 서랍 속은 잡동사니로 가득하다. 나는 다시 침대에 눕는다. 어둠에 잠겨 높이를 가늠할 수 없는 천장을 바라본다. 마치 내가 닫힌 서랍 속에 들어와 있는 듯하다.

　서랍의 손잡이를 당기는 손길을 기다리며, 뜬눈으로.

무
인
도
에
서

무인점포가 또 생겼다. 올해만 벌써 세 번째다. 삼 년 전쯤 이사를 왔을 때는 빨래방 하나가 있었다. 작년에 아이스크림 가게가 들어섰고, 요 몇 달 새 과일, 건어물, 고기 밀키트를 파는 가게가 연달아 문을 열었다. 모두 늘 오고 가는 생활 반경 오백 미터 이내다.

웬만한 것은 스마트폰으로 다 처리되고, 어디든 내비게이션이 길을 척척 알려주는 시대에 무인점포가 새삼스럽지는 않다. 점포 무인화는 시대의 추이고, (가본 적은 없지만) 가까운 일본만 해도 우리나라에 비해 무인점포가 널리 퍼져 있다고 들었다. 원래 그렇게 되어가던 일이 코로나19로 인해 비대면이 강조되면서 진행이 조금 더 빨라진 것인지도 모르겠다.

며칠 전 늦은 밤에 잠시 산책을 나갔다가 고기 밀키트를 파는 무인점포에 들렀다. 24시간 영업을 하는 곳답게 어둠을 쫓는 불빛이 환했다. 문 앞에는 그 빛에 유혹된 온갖 불나방과 하루살이가 개업 축하를 하듯 모여 파닥거리고 있었다. 어찌어찌 문을 열고 들어간 가게는 조금 휑했다. 냉장고 두 대와 계산대 그리고 한 어르신이 쭈뼛쭈뼛 서 있을 뿐이었다.

에헴, 여기는 무엇을 파는 가게인고. 나는 간섭하기 좋아하는 오지랖 넓은 사람처럼 고개를 쭉 빼고 냉장고 안을 들여다봤다. 조리되지 않은 고기와 쌈 채소 들이 낱낱의 밀키트로 깔끔히 포장되어 있었다. 사람이 모일 수도 없고, 모인다한들 이 시간까지 여는 가게도 없는 요즘. 집에 있다가 불쑥 구운 고기가 먹고 싶어지면 이곳을 찾을 만했다. 마트 진열대를 이리저리 기웃거릴 필요 없이 밀키트 하나만 사면 그만인 것도 간편해 보였다.

나는 종종 집에서 고기를 구워 먹기 때문에 호기심을 갖고 가게를 둘러봤다. 그러나 뒤를 돌아보니 어르신이 여태 계산대 앞에 서서 어쩔 줄을 몰라 하고 있었다. 일이 잘 안 풀린다는 듯 나지막이 혼잣말을 하며, 손에 든 밀키트를 이리저리 계산대 모니터에 대어보고 있었다. 아무래도 바코드 찍을 곳을 찾지 못해 애를 먹고 있는 모양이었다.

"거기가 아니고, 여기에 갖다 대 보세요." 나는 모니터 아래 놓여 있던 주먹만 한 바코드 스캐너를 손으로 가리켰다. "아니, 이게, 왜, 음……." 어르신은 계속 혼잣말을 하면서도, 내 말대로 했다. 삑, 그제야 바코드 찍히는 소리가 났다. 나는 카드 꽂는 데를 찾지 못하는 어르신께 내친걸음으로 결제하는 방법까지 알려드렸다.

모든 일을 마친 어르신은 밀키트를 품에 안고 가게를 나섰다. 고맙다는 말 한마디 해주지 않은 것이 못내 서운했지만, 그것도 잠시. 어르신은 대체 언제부터 이러고 있었던 것일까. 나는 그것이 몹시 궁금했다. 가게 한쪽 벽에는 주인의 연락처와 CCTV가 있었지만, 어르신에게는 아무 도움도 되지 않았다.

"세상, 참……." 나는 깐족거리기 좋아하는 훈수꾼처럼 혼자 재잘거리며 가게를 나왔다. 불빛을 향한 본능에 지칠 대로 지친 불나방과 하루살이 들이 보도블록 위에서 맴을 돌고 있었다. 새벽을 향해 가는 거리에는 인적이 없었는데, 문득 익숙할 대로 익숙한 동네의 모습이 영화에서나 보던 종말 이후의 세계처럼 다가왔다.

인류가 멸망하고, 혼자 남은 주인공. 자신이 최후의 인류는 아닌지 불안해하며, 그럼에도 희망을 놓지 않고 타인의 흔적을 찾아 헤매는 한 사람. 괜하고 과한 상상이지만, 어쩐지 어르신은 그런 영화 속 인물처럼 홀로 고기를 구워 먹고 있지는 않을까. 또 누군가는 창문으로 들어오는 고기 굽는 냄새에 잠을 뒤척일지도 모를 일이었다. 그래도 그 냄새는 어딘가에 다른 사람이 살고 있음을 말해주겠지.

집에 돌아온 나는 어딘가 씁쓸했고, 그런 스스로가 이상했다. 방에 틀어박혀 사람을 거의 만나지 않는 내가 무인점포에 왜 이런 기분이 드는지 알 수 없었다. 널리고 널린 것이 자판기인데. 동주민센터 무인민원발급기나 도서관 무인도서반납기나 셀프주유소를 이용하면서도 편해서 좋다고 생각했는데.

언젠가는 단골집 사장님과 안부를 주고받는 일도, 서비스를 받는 일도 사라질까. 글을 못 쓰게 되었을 때 내가 취직할 곳이 있을까. 오늘 본 어르신이 훗날 내 모습은 아닐까. 곧 드론이 모든 것을 배달하는 시대가 올까. 결국 인공지능이 인류를 지배하는가. 아직 오지 않은 미래가 나는 벌써 아쉬웠고, 두려웠다.

나는 곧 고개를 가로저으며, 머릿속 태엽을 멈췄다. 내게는 무인점포가 우리 미래에 어떤 시사점이 되는지를 사유하고 떠들 깜냥이 없다. 이런 문제라면 훌륭한 인문학자들이 고찰하고, 대안도 제시하겠지. 내 주제에는 (웃기지도 않은 소리지만) 예전 사극 드라마 〈무인시대〉(武人時代)를 패러디해서 「무인시대」(無人時代)라는 글이나마 쓰는 것이 어울린다. 왜 쓸데없는 고민을 하는지 원.

잠시 방 안을 서성였던 나는 털썩 소파에 엉덩이를 붙였다. 며칠 동안 그치지 않은 비 때문에 창문을 죄다 닫아놓은 새벽의 방은 더없이 적요했다. 포스트 아포칼립스 영화를 너무 떠올린 탓일까. 내 숨소리 말고는 인기척이 없는 방이 꼭 무인도 같았다. 소파가 난파선의 파편처럼 느껴지고, 나는 그 조각에 몸을 맡긴 채 표류하다가 아무도 살지 않는 섬에 도착한 듯했다.

그러나 혼자 있는 방은 빈방이 아니다. 나라는 인간이 있으니까. 책이나 텔레비전 프로그램 제목 따위에 '무인도에서 살아남기'라는 말을 곧잘 쓰는데 여기에는 어폐가 있다. 무인도는 내가 발을 디디는 순간 더 이상 무인도가 아니다. 내가 있는데, 왜 무인도인가. 그럼에도 우리가 '무인도에서 살아남기'라는 말을 어색하게 여기지 않는 이유는 뭘까. 마음속 깊이, 홀로 있는 것은 무인(無人)과 마찬가지라고 느끼는 것일까. 그 어르신이 혼자 있는 동안 그곳은 유인점포였을까 무인점포였을까.

무인도 이야기에 "무인도에 갈 때 꼭 필요한 것은?"이라는 질문이 빠질 수 없다. 나라면 뭘 가져갈까. 칼? 우리 조상이 그랬듯이 석기(石器)로 대체할 수 있지 않을까. 밧줄? 식물 줄기나 나무껍질을 꼬아 만들 수 있을지도. 넓은 잎사귀만 있으면 마실 물도 어찌어찌 마련할 수 있을 것 같고. 무료함이 가장 끔찍할지 모르니 『모비딕』처럼 두꺼운 책을 가져갈까. 그것은 아무리 봐도 닳지 않고 물리지 않는, 추억으로 대신할 수 있지 않을까.

그렇다면 무엇을 가져가나. 집에만 있는 내가 무인도에 갇히는 일 자체가 말이 안 되니, 그곳에 가져갈 물건도 말이 안 되는 것으로 골라야겠다. 이를테면 사람의 눈빛이나 온기, 귓속말. 혹은 몇 번이라도 대답해주고 싶은 당신의 혼잣말 같은 것들.

72

대청소를

합
시
다

봄이다. 방에만 있어도 봄이 온 것을 알 수 있다. 우선 창문을 열었
을 때 방 안으로 들어오는 공기부터 다르다. 불과 이삼 주 전까지만
해도 창문을 오래 열어둘 수 없었다. 열린 창문으로 들이친 찬바람에
방 안이 금세 냉골이 되었기 때문이다. 요즘도 밤에는 좀 서늘하지
만, 낮에는 창문을 열어두어도 제법 견딜 만하다.

　　창문 아래로 내려다보이는 길거리의 사람들도 옷차림이 한결
단출해졌다. 두터운 패딩이나 목도리 따위를 걸친 사람은 보이지 않
고, 거의 점퍼나 코트 차림이다. 아예 외투를 입지 않은 사람도 종종
눈에 띈다. 추위를 많이 타는 나로서는 이제 막 내의를 벗은 참이지만,
그런 사람들을 보고 있자면 덩달아 마음만은 가볍다.

　　무엇보다 봄이 왔음을 한눈에 알려주는 것은 벚나무다. 우리
동네 가로수는 거개가 벚나무인데, 내 방 창문으로도 몇 그루가 보인
다. 며칠 전부터 슬금슬금 옅은 분홍빛을 틔우던 벚나무들이 지금 보
니 꽃을 다 피웠다. 작년에 그랬듯이 올해도 곧 온 동네에 지천으로
벚꽃이 흩날릴 테다.

　　이래저래 봄기운이 물씬 풍기는 요즈음. 나는 방 안을 환기하
며 봄맞이 대청소를 할 요량으로 창문 앞에 섰다가 한참을 그대로 있
었다. 벚나무에 눈길이 사로잡혔기 때문이다. 벚꽃은 수명이 짧다.

길어 봐야 보름 뒤면 죄 땅바닥에 떨어질 테다. 신발에 차바퀴에 밟히며 짓이겨지고 또 바람에 쓸려 온데간데없이 사라질 것이다. 그러나 당장의 벚꽃에서는 한 줌의 우울한 기색도 느낄 수 없다. 오로지 화사하고 어여쁠 뿐. 나는 그저 무탈하게 지내는 것을 최고로 여기지만, 벚꽃을 보고 있자니 속된 말로 '짧고 굵게' 사는 것도 나쁘지 않겠다는 생각이 들었다.

　　오히려 안된 것은 저 눈부신 화려함을 보면서도 짓밟힘과 소멸을 떠올리는 내가 아닐까. 나는 눈앞에서 손을 휘휘 저으며 생각을 쫓는 시늉을 했다. 잠시라도 머릿속을 비우고 오롯이 벚꽃을 완상하는 데만 집중하고 싶었다. 대청소를 하려던 본래의 목적은 아무래도 좋았다. 청소야 아무 때고 하면 그만이지만, 금방이라도 폭죽처럼 터져버릴 듯한 저 벚꽃은 지금이 아니면 다시 볼 수 없을 테니까. 내년에도 벚나무는 꽃을 피우겠지만, 그때의 벚꽃과 오늘의 벚꽃은 다른 것이니까. 내년 봄이 오기 전에 이사를 할 수도 있으니까. 벚꽃을 감상하고픈 마음이 언제 바뀔지 모르니까.

　　나는 다시 눈앞에서 손을 휘휘 저었다. 그냥 즐기면 될 일에 그래야 하는 이유를 변명처럼 줄줄이 늘어놓는 스스로가 못마땅했다. 나는 시선만을 벚나무에 둔 채 자기비판에 열을 올렸다. 한번 스스로에 대한 불만이 터지자 걷잡을 수 없었다. 어느새 벚꽃 감상은 뒷전이 되어 있었다. 잠은 많지, 게으르지, 습관적으로 일을 미루지, 무심하지, 고쳐야 할 것이 한두 가지가 아니었다. 정작 청소가 필요한 것은 방이 아니라 나였다. 그래, 시원하게 대청소부터 하고 이참에 나도 좀 똑바로 살아보자. 그러나 나는 내심으로 알고 있다. 내 결심의 수명이 벚꽃보다 짧다는 것을. 이런 다짐 따위는 마음속에서 이미 숱하게 피고 졌다는 것을.

　　내가 그러거나 말거나 벚꽃은 내년에도 꽃을 틔우리라는 것을. 또 제자리에서 다만 아름다우리라는 것도.

사 기
물 억
의

대청소를 하다가 옷장 한구석에 고이 모셔두었던 군복을 발견했다. 발견이라는 말이 좀 어색하지만, 거기에 군복을 둔 것조차 잊고 지냈으니 발견이라면 발견인 셈이다. 나는 이사할 때마다 자주 입지 않는 옷을 처분했는데, 그간 몇 번이나 집을 옮기는 동안에도 군복은 끝내 살아남았다. 입지 않을뿐더러 그 존재마저 잊고 사는 옷이건만 볼 때마다 그것을 입었던 시절이 떠올라 쉽사리 버리지 못했다. 물건과 거기 서린 추억은 별개라는 것을 알지만, 어느 때고 마음은 생각처럼 움직이지를 않는다. 한번 작동하면 저절로 음악을 연주하는 오르골처럼, 군복을 보자마자 불쑥 떠오른 기억도 그렇다.

신병교육대에서의 일이다. 훈련병 동기였던 그는 애인을 버팀목 삼아 고된 신병훈련을 버티고 있었다. 취침 시간이면 우리는 피곤한 몸에 쉬이 깃들지 않는 잠을 기다리며 이런저런 한담을 나누었는데, 그는 제 애인 이야기를 지치지도 않고 했다. 둘이 어떻게 만나서 연애를 했는지, 서로 얼마나 사랑하는지, 제대를 하면 어찌하기로 약속했는지 등등. 사람 일이야 앞으로 어떻게 될지 모르지. 나는 속으로 이런 생각을 했지만, 밤마다 그의 연애담을 듣다 보니 그의 애인이라면 정말로 그를 기다려줄 것도 같았다. 언젠가 그에게 이별이 닥칠지도 모르지만, 그때가 서둘러 오지는 않을 거라고 믿게 되었다.

그런데 천 길 물속은 알아도 한 길 사람 속은 모른다고, 면회를 오겠다던 그의 애인이 어느 날 갑자기 종적을 감췄다. 아니겠지, 바쁜 일이 있겠지 하며 스스로를 위로하던 그는 하루가 다르게 의기소침해졌다. 그의 마음가짐은 사랑과 그리움에서 걱정과 불안으로, 다시 맹렬한 원망과 분노로 바뀌어갔다. 믿음이 컸던 만큼 그가 느낀 배신감도 컸다. 그가 사랑 타령을 늘어놓던 취침 시간은 이제 사라진 애인을 욕하고 저주하는 자리가 되었다. 내게는 그런 그를 달래고 위로하는 일이 새로운 훈련 과제였다.

닭 모가지를 비틀어도 새벽은 오고, 훈련소 시계를 거꾸로 걸어놓아도 시간은 간다고. 어느덧 신병교육대 퇴소일이 가까워졌다. 완전군장을 하고 30킬로미터를 행군하는 마지막 훈련만 마치면 우리는 훈련병 딱지를 떼고 이등병이 될 터였다. 나는 지금도 행군을 하던 날의 밤하늘이 기억난다. 검은 도화지 위에 금모래를 뿌려놓은 것처럼 셀 수도 없을 만큼 많은 별이 머리 위를 수놓고 있었다. 그리고 수시로 밤하늘을 가로지르던 별똥별들. 입을 열 기운도 없어서 물어보지는 못했지만, 나는 그가 별똥별을 보며 무슨 소원을 빌었을지 알 것 같았다.

탈 없이 행군이 끝나고 모두 자대배치에 대한 흥분과 걱정에 들떠 있을 무렵, 소대장이 나를 포함한 몇몇을 따로 불러냈다. 소대장은 한참 뜸을 들이다가 어렵게 말을 떼었다. 이야기인즉슨 그의 애인이 면회를 오던 중 교통사고로 유명을 달리했다는 것이었다. 그가 걱정되었던 가족은 뒤늦게 부대에 사실을 알렸고, 자신도 얼마 전에야 이를 알게 되었다는 얘기였다. 소대장은 제일 위험한 훈련도 끝났으니 이제 그에게도 알려줄 참인데 그와 친한 너희들이 옆에서 그를 도와주라고 했다. 내내 명령만 하던 소대장은 이때 처음이자 마지막으로 우리에게 '부탁'이라는 말을 썼다.

그렇게 많은 별도、별똥별도、다 큰 사내자식이 그렇게 쉽게 우는 것도 나는 신병교육대에서 처음 봤다。 그는 입술을 꽉 깨문 채 쉬지 않고 흐르는 눈물을 손바닥으로 틀어박았다。 그는 울면서 뭐라고 읊조렸는데 "그런 줄도 모르고……"와 "미안해……"라는 말만을 드문드문 알아들을 수 있었다。 나는 자대배치를 앞둔 며칠간 그림자처럼 그를 따라다녔다。 소대장의 부탁 때문이 아니라 전우조여서가 아니라 마음이 시켜서 그렇게 했다。 누구라도 그랬을 테다。

이후 그와 나는 그리 멀지 않은 부대에 각기 배치를 받았다。 부대가 달라서 자주 보지는 못했지만、 훈련을 하다가 또 외박을 나가서 종종 그를 만났다。 다행히、 그는 잘 견디고 있는 듯했다。 다행히、 그는 잘 견뎌내었다。 다행히、 우리는 전역까지 잘 견뎠다。

나는 대청소를 하며 버릴 옷들을 쌓아둔 틈에서 도로 군복을 꺼냈다。 그리고 다시 옷장 한구석에 개어놓았다。 적어도 다음 이사 때까지 군복은 또 내내 안녕할 것이다。

유령들

휴일의 대부분은 죽은 자들에 대한 추억에 바쳐진다

죽은 자들은 모두가 겸손하며, 그 생애는 이해하기 쉽다

나 역시 여태껏 수많은 사람들을 허용했지만

때때로 죽은 자들에게 나를 빌려주고 싶을 때가 있다

— 기형도, 「흔해빠진 독서」(『입 속의 검은 잎』)에서

내 방의 한쪽 벽면은 책장으로 덮여 있고, 거기에는 이런저런 책들이 빼곡하다. 세로로 나란히 서 있는 책등에는 위패처럼 죽은 자들의 이름이 적혀 있다. 책이 위패라면 그들의 목소리로 웅성거리는 책장은 사당(祠堂)이고, 내 방은 온갖 귀신을 모시는 만신전(萬神殿). 언제든 죽은 자들의 이야기를 들을 수 있는 유령의 집. 오랫동안 방에 혼자 있는 쓸쓸한 사람에게는 유령의 목소리도 기껍다.

　　나는 죽은 자들에게 아무것도 주장할 수 없다. 오로지 들을 수 있을 뿐. 죽은 자들 또한 내가 그들의 이야기를 듣고 품는 생각을 알 길이 없다. 나는 이 일방통행이 마음에 든다. 나는 상상이 미치는 대로 그들을 추억하고, 내 입맛에 맞추어 그들을 이해한다. 그럼에도 우리 사이에는 오해도 불신도 없다. 더욱 좋은 것은 언제든 책을 덮음으

로써 그들의 목소리를 잠재울 수 있다는 점이다.

　이 시에서 "죽은 자들"은 작가를 일컫는다. 제목의 '독서'라는 말에서도 알 수 있고, 시의 나머지 부분을 봐도 그렇다. 당연한 소리지만 인간은 모두 죽는다. 따라서 지금은 살아 있는 작가의 책일지라도 모든 책은 끝내 죽은 자의 목소리가 된다. 「흔해빠진 독서」의 한 구절처럼 독서란 결국 "죽은 자들에 대한 추억"이며, 그들의 생애를 이해하려는 시도. 방은 죽은 자와의 소통이라는 이 소슬한 일을 하기에 더없이 좋은 장소다.

　내 방의 계절은 죽은 자든 산 자든 사람이 귀한 시절. 나는 흔쾌히 죽은 자들에게 눈을 빌려준다. 그들은 내 눈을 통해 말한다. 내 눈은 그들의 말을 경청하는 귀가 된다. 아직도 남은 이야기가 있는 그들과 때로는 승천하지 못한 영혼같이 서성이며 때로는 죽은 듯이 엎드려서 그 얘기를 듣는 나. 마침내 독서삼매 속에서 누가 죽은 자인지 헷갈릴 때, 글은 나를 위로한다.

　누군가 내 인생을 먼저 살아버린 듯한. 죽은 자의 이야기는 살아 있고, 나는 죽은 자의 삶을 되풀이하는 듯한. 그리하여 죽지도 살지도 않은, 그 누구도 아닌, 그러나 혼자는 아닌. 그 뒤섞임의 순간에 나는 잠시 외롭지 않다. 눈빛 한번 섞은 적 없는 이의 말이 나를 달래는 것은 참 이상한 일이다. 그래서,

　나는 가끔 유령처럼 방 안을 떠돌며 혼잣말을 한다. 그런 나를 누군가 빌려가서 읽어주기를 바라면서.

2부 : 방 밖에 없는 사람

빈
집

말
놀
이
··

"뭐해? 어디야?"

"집이야. 그냥 혼자 빈집에 있어."

"네가 있는데 왜 빈집이야?"

"그러고 보니 그러네. 내가 살고 있으니까 빈집은 아니네."

"심심하면 우리집에 놀러 와."

"그 집이 네 집이지 왜 우리집이야?"

"네가 놀러 와서 같이 있으면 우리집이지."

"그러면 우리집은 진짜 빈집이 되겠네."

변명
방을 위한

나는 대부분의 시간을 방에서 홀로 보낸다. 사람 간의 접촉은 적으면 적을수록 좋다고 생각한다. 우리의 마음을 괴롭히는 대개의 것들이 타인과의 만남에서 온다. 다툼, 오해, 불신, 배신, 갈등, 시기, 질투 따위는 사람과 사람 사이에 깃든다. 저 부정적인 감정들은 오롯이 혼자인 사람에게 파고들지 못한다.

사람과 자주 부대끼다 보면 크고 작은 충돌은 불가피하다. 첫 만남에서 지켰던 예의는 갈수록 퇴색한다. 무례함은 곧잘 친밀함으로 포장되고, 비난과 힐책은 진심 어린 충고의 탈을 쓴다. 사귐의 깊이는 만남의 횟수에서 비롯하지 않는다. 오랜 지인이라고 해서 모든 속내를 털어놓을 수 있는 것은 아니다. 처음 본 사람이라고 해서 격의 없는 대화를 할 수 없는 것도 아니다. 깊이 있는 관계를 위한 서로 간의 유대와 존중은 빈번한 만남이 아니라 저 사람도 나와 다르지 않은 인간이라는 인식에서 온다. 사람의 가치는 내가 그를 얼마나 많이 만났느냐에 따라 바뀌지 않는다.

물론 사람과 어울리며 느끼는 행복도 소중하다. 하나 잦은 만남이 그 행복을 배가하는 것은 아니다. 오히려 만남이 귀할수록 만남 자체가 주는 반가움과 만족감은 더 크다. 만남의 기쁨을 만끽하기 위해서라도 만남은 적을수록 좋다. 만남이 적을수록 좋다면, 아예 아무도 만나지 않는 것은 어떨까. 나는 고독만큼 함께 있기 좋은 친구를 알지 못한다. 군중 속의 고독이라는 말이 있듯이 사람들과 어울린다고 외로움이 사라지는 것은 아니다. 사람들 틈에 있을 때도 혼자 있을 때도 나와 진정으로 소통하는 것은 고독이다. 내게 우울증은 대인관계보다는 고독감이 부족한 데서 생겨난다.

인간관계나 친구가 필요 없다는 말은 아니다. 나는 스스로 사교적인 인간이라고 생각한다. 다만 내가 가장 즐겁게 또 공들여서 사귀는 이는 고독이다. 나는 내 자신과 나눌 이야기가 너무 많다. 새로운 이야깃거리가 매일 샘솟는다. 나는 다른 사람보다도 나 자신과 술을 마실 때 더 많이 취한다. 내가 슬플 때나 기쁠 때나 고독은 언제나 곁을 지켜준다. 고독은 충직하고 신뢰할 수 있는 친구다.

내게 고독은 평온과 동의어다. 방에 있는 동안 나는 그 어느 곳에 머무를 때보다 많은 고독을 맞이한다.

그래서 나는 쓴다. 글쓰기는 방을 벗어나지 않고도, 사람을 만나지 않고도 할 수 있는 일이다. 우편으로 원고를 주고받던 시절과는 다르게 요즘은 스마트폰과 컴퓨터만 있으면 만사형통이다. 전화, 문자메시지, 이메일로 원고를 청탁받는 일부터 집필, 송고까지 글쓰기의 전 과정을 처리할 수 있다. 원한다면 책 한 권을 세상에 펴내기까지 단 한 사람의 얼굴도 마주치지 않을 수 있다. 때로는 얼굴을 보지 않는 이런 비인간적인 일처리가 훨씬 인간적이기도 하다.

누군가는 온종일 방에 갇혀 모니터만 바라보는 생활 어디에서 글의 소재나 영감을 얻느냐고 묻는다. 글감이나 영감은 새롭고 신기한 것을 감각하는 데서만 얻을 수 있는 것이 아니다. 적어도 내 경우에는 그 반대다. 매우 평범하고 익숙한 것들이 내 글의 소재이고, 그것들이 문득 낯설게 보이는 순간 영감이 찾아온다. 이야기는 나의 바깥이 아니라 내 안에서 펼쳐진다. 방의 크기는 평수로 계산할 수 있지만, 상상의 크기는 측량할 수 없다. 비록 몸은 세 평 쪽방에 누워 있을지라도, 우리의 상상 속에서는 지구도 한 톨 먼지에 불과하다.

　　방에서만 지내는 생활이 답답하지 않느냐는 질문도 종종 듣는다. 나는 작가와 배우가 무척 닮았다고 생각한다. 작가는 글로써 연기하는 배우다. 배우가 주어진 역할에 몰입하듯 작가는 글 속의 화자에 자신을 이입한다. 배우는 연기를 통해서, 작가는 인물의 창조를 통해서 다른 사람이 되어보고 또 다른 이의 인생을 살아본다. 내게 방은 소극장이고, 모니터 화면은 공연이 펼쳐지는 무대다. 세상에 존재하는 타인의 방이 모두 객석이다. 나는 내 방에서 쓰고, 관객은 자기 방에서 내 공연을 펼쳐본다. 방에만 있다고 해서 삶이 방에 갇히는 것은 아니다. 다른 인생을 살아보고, 또 그 인생을 읽어주는 사람들을 떠올릴 때 내 방은 무한히 확장된다. 통유리로 된 벽은 물리적으로 이쪽과 저쪽을 구획하지만, 이쪽과 저쪽의 풍경을 단절하지는 않는다. 비록 각자의 방에 있을지라도 우리의 방을 둘러싼 벽은 통유리로 지은 것이다. 우리는 그 벽의 이편과 저편에 서서 서로 만날 수 없지만, 우리의 눈빛은 그 벽을 통과해서 상대에게 닿는다.

　　무엇보다 내가 가장 많이 듣는 질문은 생계에 관한 것이다. 결론부터 말하자면 나는 덜 벌고 덜 쓴다. 덜 쓰고 덜 번다. 아니 덜 살아간다. 이것이 선순환인지 악순환인지는 모르겠지만, 어쨌든 저 '덜'이라는 말에 내 생계유지의 조화가 있다. 나는 국이나 찌개 하나와 한 가지 반찬만 있어도 밥을 잘 먹는다. 방에만 있는 까닭에 큰 에너지가 필요하지도 않아서 하루에 한두 끼면 족하다. 간식은 먹지 않는다. 또 방에 있는 시간이 많다 보니 옷을 살 이유도 없다. 서울을 벗어난 이후로는 월세에 대한 부담도 크게 줄었다. 집은 넓지 않지만, 나와 고양이 두 분이 함께 살기에 비좁지는 않다. 사람살이의 세 가지 기본 요소인 의식주를 이렇게 해결하고 나면, 돈이 들어갈 곳은 별로 없다. 고양이 용품과 약간의 문화비, 공과금 정도뿐이다. 고양이 사료 말고는 웬만한 싸구려라도 상관없다. 부유하지는 않지만, 부족하지는 않은 생활이다.

하기 싫은 일을 억지로 해가면서까지 부유하게 살고 싶지 않다. 추위에 떨거나 굶지 않는 정도면 된다. 돈벌이에 드는 시간을 최대한 줄이고, 그만큼 자유 시간을 더 누리는 것이 내 행복이다. 누군가의 눈에 나는 미래가 없는 한량으로 보일 것을 안다. 그렇지만 놀고먹는 것이야말로 누구나 꿈꾸는 삶 아닌가. 생각보다 놀고먹는 데는 큰돈이 들지 않는다. 생활을 단출하게 하면, 우리를 얽매는 것들도 한결 줄어든다. 일단 방에 있으며 다른 사람과의 만남을 줄이고, 타인의 시선을 의식하지 않는 것만으로도 삶은 가벼워진다. 내가 믿는 성공이란 자기가 온전히 쓸 수 있는 시간이 많은 삶이다. 내 시간이 많을수록 나는 풍요롭다.

똑같은 음악에도 사람들은 각기 다른 춤을 춘다. 세상에 옳은 춤 또는 그릇된 춤은 없다. 춤이란 그저 내가 흥겨우면 그뿐. 타고난 춤꾼인 내가 방에서 어떤 춤을 추는지 사람들은 알지 못한다. 내 춤사위가 얼마나 격렬한지도.

오래된 자취

자취한 지 오래되었다. 대학교에 첫발을 딛는 날 아침, 부모님께 "학교 다녀오겠습니다"라고 말하고 집을 나선 뒤 돌아가지 않았다. 친구 집에 신세를 지며 아르바이트를 시작했고, 월급을 받자마자 고시원 반지하방에 들어갔다. 이런 이야기를 하면 집안과 불화가 있으리라 넘겨짚는 이들이 더러 있는데, 그렇지는 않다. (나는 평범한 서민층 가정에서 무탈하게 자랐다.) 단지 나만의 방을 갖고 싶었을 뿐이다.

부모님과 살 때도 내 방은 있었다. 거실을 가운데 두고 동서남북으로 방 세 개와 화장실 하나가 딸린 집이었다. 세 개의 방을 부모님과 여동생과 내가 나누어 썼다. 내 방은 국경이 없는 나라 같았다. 넓지 않은 집이라서 방문을 꽉 닫아도 문밖의 소리와 빛이 안으로 새어 들어왔다. 화장실 물 내리는 소리, 거실 식탁에서 밥그릇 달그락대는 소리, 안방의 텔레비전 소리 따위가 수시로 틈입했다. 방문은 창이 달린 미닫이였다. 누군가 거실 불을 켜면 저절로 내 방까지 환해졌다. 그 반대도 마찬가지. 내 방에서 나는 온갖 소리와 빛이 거실로, 다른 방으로 흘러들었다. 내 방은 '자기만의 방'이 아니었다.

독립성과 내밀함이 보장되지 않는 공간은 그냥 방일 뿐, '내 방'이 될 수는 없었다. 갑자기 방문을 열어젖히는 사람도 없고, 내가 허락하지 않는 한 아무도 발을 들여놓을 수 없는 곳이라야 '내 방'이라고 부를 수 있다. 내 방이라면 혼자 우스꽝스러운 춤을 추며 노래를 부르든, 벌거벗고 물구나무를 서든 거리낌이 없어야 한다. 나는 언제 누가 들이닥칠지 몰라 마음 한편에 불안감이 깃드는 방에서 인적 없는 황무지를 상상했다. 차라리 그곳이 나았다. 혼자 있길 좋아하고, 무슨 일이든 방해받기를 꺼리는 성미 탓이다. 타고난 품성이 이래서 나는 늘 진짜 '내 방'을 꿈꿨다. 대학교에 들어가며 집을 떠난 것은 충동적인 행동이 아니었다. 나는 그때나 지금이나 대학생이라면 어엿한 성인이고, 성인이라면 모름지기 자기만의 방이 있어야 한다고 믿는다. (첫 '내 방'으로 고시원을 고른 것은 잘못이었다. 그곳은 여태 내가 살아본 방 중에서 가장 방음이 안 됐다.)

　　주머니 사정이 좋지 않아 잠시 부모님 집에 들어갔던 시기와 군 복무 시절을 제외하고는 이제껏 오롯이 내 힘만으로 자취를 이어왔다. 10여 년 남짓 동안 고시원을 비롯해 다섯 군데 '내 방'을 거쳤다. 임대차계약이 끝나는 2년마다 이사를 한 셈이다. 살던 데가 성에 차지 않아서만은 아니다. 때마다 정든 동네를 떠나는 데는 나름의 긴절한 까닭이 있다.

　　이사는 항상 방에 틀어박혀 사는 내가 '고인 물'이 되지 않으려는 자구책이다. 예사로운 것들을 달리 감각하려고 애써도, 한자리에서 봄, 여름, 가을, 겨울을 두 번쯤 맞으면 슬슬 한계가 온다. 풍경은 너무 익숙해지고, 감각은 타성에 젖는다. 생활하는 데야 더할 나위 없이 편하지만, 글을 써야 하는 입장에서는 아무래도 곤란하다. 삶에 환기가 필요한 순간. 이사는 내가 나를 여행 보내는 고육지계다. 방에만 있으려는 나와 다투지 않고, 아예 방을 통째로 낯선 환경 속에 던져버리는 것이다.

나를 방이라는 커다란 여행 가방에 담아 떠나보내기.

나는 어쩌다 어디 1박 2일이라도 가야 할 일이 생기면, 이따금 외출할 때 노트북과 책 등을 넣어 메고 다니는 백팩에 꾸깃꾸깃 짐을 꾸린다. 딱 하나 있는 나의 여행 가방은 너무 커서 들고 다닐 수가 없다. 2년에 한 번쯤 있는 힘껏 들고 나면, 온몸에 진이 빠져 꼬박 2년은 쉬어야 한다. 그동안 나는 여행 가방 안에서, 다시금 새로워진 자기만의 방에서 자취를 한다.

이사를 하고 나면 어제와 다를 바 없는 사물들이 오늘 낯선 자리에 놓인 것만으로 전연 새롭게 다가온다. 나는 책상만큼은 한결같이 방에서 제일 큰 창문 앞에 놓는데, 그 위로 내려앉은 햇볕의 낯빛이 또 다르다. 평소 즐겨 듣던 노래도 방의 구조와 크기가 바뀌면서 울림이 달라진다. 괜히 마음도 싱숭생숭해서, (그런 적은 없지만) 왠지 발가벗고 춤이라도 한번 추고 싶다. 그러면 어제까지는 나와 아무런 상관도 없던 곳이 이제 '자기만의 방'이 될 듯하다. 막 여행 가방을 풀어놓은 생경한 동네에서의 생활이, 아니 미지의 영역에서의 모험이 돛을 올린다.

나는 내 방에게 "다녀왔습니다"라고 인사한다. 다시 오래된 자취를 시작한다.

빈 방 에 서 의 낚 시

나는 방에서 곧잘 낚시를 한다. 종종 낮에 하기도 하지만, 거개는 밤 낚시다. 늦은 밤, 방에서 낚시를 하기 위해서는 먼저 집 안의 모든 불을 꺼야 한다. 창문도 다 닫는다. 그리고 기다린다. 저수지처럼 방에 어둠이 고일 때까지. 숨 막힐 듯한 적막함에 방이 완전히 파묻힐 때까지.

　　마침내 방에 정적이 깃들고 사물들이 어둠 속에 침잠하면, 나는 소파나 의자 때로는 방바닥에 주저앉는다. 어느 날은 허리춤에 손을 얹고 멀뚱히 서 있기도 한다. 낚시꾼이 잡으려는 물고기에 따라 장소와 채비를 바꾸듯이 몸과 마음의 자세를 달리하는 것이다. 한번 낚싯대를 드리우면 자리를 옮기거나 자세를 고쳐 잡기 어렵다. 언제 어느 때 입질이 올지 알 수 없기 때문이다. 낚시하는 모습은 한가롭지만, 실상 낚시는 긴장의 연속이고 신경 쓸 것이 많다.

　　날씨도 그중 하나다. 여느 낚시와 마찬가지로 방에서의 낚시도 날씨가 중요하다. 방의 날씨는 마음의 기상(氣像)에 영향을 받는다. 그날의 기분에 따라 어둠은 잔잔히 출렁이기도 하고, 태풍에 휩쓸린 바다처럼 세상을 집어삼킬 듯이 몸부림치기도 한다. 변덕스러운 날씨에는 그저 하늘을 탓할 수밖에 없다. 일기예보는 자주 어긋난다. 마음을 다잡으려고 노력해도, 바늘을 털고 도망치는 물고기처럼 마음은 번번이 손아귀를 빠져나간다. 평정심에 머물기란 성인(聖人)이나 할 수 있는 노릇이다.

장인은 장비를 탓하지 않듯이 진정한 낚시꾼은 날씨를 가리지 않는다. 나는 어쨌거나 낚시를 시작한다. 다행히 오늘은 파고가 높지 않다.

나는 방 한가운데를 빤히 응시한다. 방을 메운 어둠 속에 눈빛을 던진다. 시선은 흔들리는 눈빛을 놓치지 않으려고 낚싯줄같이 질겨진다. 나는 눈꺼풀조차 잘 깜빡이지 않는다. 벌써 너무 많은 눈빛을 잃어버렸다. 어둠 속에는 언젠가 내가 놓친 눈빛들이 줄 끊어진 찌처럼 부유하고 있다. 방구석에는 한때 형광 찌처럼 빛나던 눈빛들이 갈 곳을 잃고 모여 있다.

방이 나의 낚시터라면, 낚싯대는 시선이고 눈빛은 찌다. 낚싯바늘에는 기억이 미끼로 달려 있다. 나는 힘차게 낚싯대를 던진다. 그다음은 그대로 기다릴 따름이다. 한 마리 감정, 한 마리 생각, 한 마리 느낌, 한 마리 고독이 미끼를 채갈 때까지. 하품이 나오려는 입을 꾹 닫고 지루함을 견딘다. 낚시의 재미는 기다림에 있다.

여러 마리 감정들이 낚시꾼을 놀리듯 갑자기 튀어 올랐다가 다시 어둠 속으로 사라진다. 파문만을 남긴 채. 그중에는 잡고 싶은 대어(大魚)도 한 마리 있었다. 눈앞에 빤히 물고기가 보여도 낚시꾼에게는 별다른 도리가 없다. 그저 제발 물라고 기도할밖에는. 다만 물고기가 필요한 것이라면 수산시장에 가는 편이 낫다.

언제나 기다림은 길다. 짧은 기다림은 없다. 기다림이 길어질수록 정신은 물안개가 긴듯 흐릿해진다. 정신이 몽롱할수록 풍경은 아름답게 느껴진다. 창밖에 비치는 가로등 불빛이 막 수평선 아래로 사라지려는 노을 같다. 가로등 불빛이 내려앉은 방바닥이 달빛에 반짝이는 물비늘 같다. 내 눈빛은 그 밤물결에 온몸을 맡긴 채 흔들거린다. 아직 물고기가 미끼를 물 기미는 보이지 않는다. 무엇을 기다리고 있는지조차 어렴풋하다.

안개는 서서히 그러나 분명하게 자가생식하며 점점 짙어진다. 잠결인 듯 꿈결인 듯. 나는 최면에라도 걸린 양 멍한 시선을 물낯에 던지고 있다. 더 오래 기다리기 위해 나는 잠시 창문을 연다. 순간 창틈으로 밀려드는 바람에 머릿속의 안개가 살짝 걷힌다. 칼바람에 자상을 입은 안개의 살갗은 금세 아물 것이지만, 얼마간의 기다림을 더 벌었다. 상념과 고독함 속에 조금 더 머물게 되었다.

방에서 낚시를 하다 보면 문득 내가 최후의 인류처럼 느껴진다. 바깥세상도 방 안도 빈틈없는 적막에 물들면 내가 실제로 존재하고 있는지조차 확신할 수가 없다. 해변으로 끝없이 밀려오는 쓰레기처럼 치워도 되살아나는 상념만이 이 방에 무언가 존재하고 있음을 방증할 뿐이다. 그 상념 속에 내가 낚고 싶은 것이 있다.

예로부터 숱한 예언가들이 지구 종말을 점쳤다. 그들은 죄다 틀렸다. 방에서 낚시를 하는 무언가가 살아 존재하기 때문이다. 그것이 숨 쉬는 한 멸망한 것은 아무것도 없다. 뭇사람에게 추앙받던 선지자들의 말이 결국 허튼소리에 불과했다는 사실이 나를 위로한다. 불확실성, 알 수 없음, 정해진 것 따위 없는 세계가 나는 마음에 든다.

오늘의 조과(釣果)를 틀림없이 예상할 수 있다면 낚시는 하등 재미없는 일이다. 기대를 배반하는 허탕이 없고, 다 잡은 고기가 눈앞에서 달아나지 않고, 뜻밖의 대어가 잡히지 않는다면 낚시에 달리 무슨 재미가 있을까. 분명한 것이 하나도 없기에 살 만하다. 불확정성과 가능성은 같은 뜻이다. 불확실은 미래의 전망이다. 아무것도 정해지지 않아서 내일을 꿈꿀 수 있다. 운명적인 사랑이 정말 있다면 그것은 다만 우연한 만남에서 비롯할 것이다.

더러 빈 낚싯바늘에 걸려 올라오는 물고기가 있다. 그의 입장에서는 망망대해를 거침없이 흘러 다니다가 미처 보지 못한 낚싯바늘에 비늘이나 지느러미가 걸리는 일이 일생을 뒤바꾸는 사건일 테다. 좋거나 나쁘거나 간에.

필연이나 인과가 아닌 우연성이 지배하는 세계. 내가 믿는 신의 이름은 우연이다. 필연이니 인연이니 하는 말들은 인생이 가위바위보나 주사위놀이에 지나지 않는다는 사실을 견딜 수 없는 사람들이 지어낸 그럴싸한 소리다. 인간은 무의미를 두려워한다. 무의미를 견디지 못한다. 본질적으로 우리 존재와 삶이 허무한 탓이다. 무의미가 죽음을 환기하는 까닭이다. 우리는 습관처럼 아주 작은 일에서도 의미를 낚고 싶어 한다.

안개는 그냥 안개로서 있다. 안개는 아무런 목표도 사명도 없다. 그는 내 시야를 가릴 작정도 저수지에 풍치를 더할 심산도 품고 있지 않다. 낚시꾼으로서 내가 낚아보고 싶은 대어는 저 안개와 같은 것이다. 시간 속을 헤엄치는 한 마리의 거대한 허무. 그러나 안타깝게도 지금 내게는 그것을 들어 올릴 힘이 없다. 얼룩에서도 낯익은 형상을 찾아내고, 제멋대로 엉겨 있는 수분 덩어리일 뿐인 구름에서도 동물의 모습을 발견하는 사람처럼, 나는 자꾸 허무 속에 의미라는 떡밥을 던진다. 비어 있어야 할 낚싯바늘에 나도 모르게 미끼를 단다.

입질은 오지 않고, 그새 머릿속 안개는 더욱 자욱해진다. 나는 상념 속에서 길을 잃는다. 모든 것이 머릿속에서 벌어지는 일이지만, 꿈을 꾸는 사람이 그렇듯 나는 몽환과 현실을 구분하기 어렵다. 눈앞이 흐릿하고, 늪에 빠진 것처럼 몸이 무겁다. 무거운 몸에 한기가 돈다. 안개가 아니라 수많은 원령들에게 둘러싸인 기분. 마치 그들의 일원이 된 듯 나라는 실체가 아득하다. 정신을 놓으면 이대로 영영 귀신이 되어버릴 듯하다.

나는 양손을 엇갈려 팔뚝을 비비며, 가볍게 몸서리친다. 내가 나를 감싸는 느낌이 나쁘지 않다. 한 차례 몸을 부르르 떨고 나니 조금 정신이 깨인다. 그때 낚싯대가 손에서 미끄러지는 것이 느껴진다. 나는 황급히 손아귀에 힘을 준다. 그러나 찌는 여전히 꾸벅꾸벅 조는 고개같이 잔물결을 타고 부침하고 있다. 감각의 착란. 무언가 손안을 빠져나간 듯한, 손끝에 생생한 감각의 여운. 손가락 새로 흘러내리는 모래알 같은, 머리를 쓰다듬을 때 손가락 사이로 흐르는 머리카락 같은. 기대가 만들어낸 착각이었을까.

돌이켜보면 나는 희망이나 미래 따위를 끌고 가본 적이 없었다. 그들은 늘 내 앞을 멀찍이 앞서 나갔다. 그들의 뒤를 쫓는 것으로 삶은 괜찮은 걸까. 그들과 나 사이의 거리가 바로 기대일 것이다. 기대는 번번이 이렇게 착각이었다. 나는 마음을 내려놓기로 한다. 잠시 걸음을 멈추고, 희망이나 미래 따위는 제 갈 길을 가게 내버려두고, 내가 지금 있는 곳을 둘러본다.

방은 여태 침몰선처럼 조용하고, 어둠의 깊이도 여전하다. 시계(視界)는 한결같이 오리무중이다. 낚시를 시작하고 얼마나 지났을까. 어느새 새벽이 코앞에 와 있는지도 모른다. 낚시를 하면 시간이 어떻게 가는지 모른다. 시계를 볼 때마다 깜짝 놀라고는 한다. 방 안에서의 낚시라는 은밀한 취미를 즐기는 동안 내가 경험하는 시간은 시침과 분침의 움직임과는 무관하다. 평소에는 수시로 시간을 확인하며 시간을 좇아가기 바쁘지만, 낚시를 하는 동안 시간은 내 안에 있다. 시간은 나의 바깥이 아니라 내 속에서 나와 함께 뛴다.

지금 나는 시간에 낚싯대를 담그고 있다. 이 순간은 이전에도 이후에도 없는 유일무이한 때이며, 아무도 내게서 앗아갈 수 없는 것. 다른 사람의 손을 빌려 무엇을 낚은들 아무 의미가 없다. 남이 시켜서 하는 낚시는 없다. 내가 기대하는 것은 단 하나. 아무것에도 기대지 말고 오롯이 혼자로서 이 시간을 견딜 것, 아니 즐길 것. 나는 아무것에도 방해받지 않고 마냥 찌만을 바라봐도 좋은 이때에 전념하기로 한다. 다시 손끝에 힘을 준다. 자꾸 잠기는 눈을 부릅뜬다. 그것이 감각의 착란이든 진짜 입질이든 놓치지 않을 각오를 다진다. 비록 도무지 아무런 일도 일어나지 않을 것만 같더라도.

입질이 온다. 나는 두서없이 이어지던 생각을 멈추고, 온 신경을 눈과 손에 집중한다. 제법 묵직하다. 손끝에서 출발한 떨림이 온몸으로 퍼져나간다. 낚싯줄이 끊어질 듯 팽팽히 당겨지고, 낚싯대가 부러질 듯 휜다. 나는 있는 힘껏 낚싯대를 잡아당긴다. 자칫하다가는 내가 물속으로 끌려 들어갈 성싶다. 내가 낚시를 하는 것이 아니라 저 어둠 속에서 누가 나를 낚고 있는 듯하다. 나는 뭍에 끌려온 물고기처럼 가쁜 숨을 몰아쉬며 안간힘을 쓴다. 이쯤 되면 그냥 대어가 아니라 괴물이다. 잠깐 방심하거나 힘이 빠져 이놈을 놓친다면 자책의 시간이 길 것이다.

마침내 어둠 속에서 무언가 유령처럼 솟아나온다. 더는 반항할 힘이 없다는 듯 괴물은 내 발치에 가만히 몸을 누인다. 어딘가 낯익은 놈이다. 뻐끔뻐끔 하는 꼴이 내게 무언가 할 말이라도 있는 듯하다. 몸을 살펴보니 바늘에 꿰였던 상처가 여기저기에 나 있다. 좀 더 자세히 들여다보니 그 물짐승은 꼭 나를 닮았다. 적어도 내 가면을 쓰고 있다. 차마 그놈의 대가리를 자르고 배를 가를 수가 없다. 나는 그만 그놈을 놓아주기로 한다. 녀석을 내가 있던 자리에 앉히고, 나는 어둠 속으로 걸어 들어간다. 다시 낚시를 하려면 저 어둠 속을 텅 빈 채로 내버려둘 수 없다. 나는 혼자만의 방에 나를 방생한다.

어둠 속을 헤엄치며 올려다본 밤하늘에 언제부터 거기 있었는지 모르겠는 반달이 떠 있다. 반달이란 허구다. 달이 빛나는 이유는 태양빛을 반사하기 때문인데, 반달은 달의 절반이 지구의 그림자에 가려서 그렇게 보일 따름이다. 달은 언제나 온전한 구(球)의 형체. 그렇지만 보름달이라도 우리가 보는 것은 언제나 달의 한쪽 면뿐이다.

두 손을 맞잡고 빙글빙글 도는 연인처럼.

계
시

고양이의 몸놀림은 꼭 붓놀림 같다. 고양이의 움직임을 눈으로 좇다 보면 마치 어떤 거대한 존재가 방이라는 도화지에 그들을 붓끝 삼아 무언가를 그리는 듯하다. 고양이가 살그머니 움직일 때 그 운필은 몹시 신중하고, 우다다 뛸 때는 일필휘지다. 방 한곳에 움츠리고 있는 고양이는 마침표 따위의 문장부호이거나 화룡점정이다.

미지의 존재는 고양이 붓으로써 내게 무슨 말을 전하려는 것일까. 허공에 손가락으로 쓴 글씨처럼, 파도가 돌아오는 모래사장에 찍은 발자국처럼, 그의 전언은 내가 미처 읽기 전에 사라져버린다. 어쨌거나 고양이는 할 말을 다했다는 듯이 털을 고르기 시작한다. 정성스레 혀로 제 몸을 핥는 고양이를 보면 꼭 붓을 씻는 듯싶다.

붓을 담근 물통에 먹이 번져가듯이 적막에 물드는 방 안에서 나는 계속 생각한다. 언젠가 그 말은 괜찮냐는 안부였다가 외롭지 않느냐는 걱정이었다가 잠을 좀 줄이라는 잔소리 같기도 하다. 그럴 때 고양이는 나보다 더 인간적이다. 나는 고양이 밥그릇에 사료가 없지나 않은지 살펴보고, 내가 먹을 쌀을 씻는다. 야옹야옹 혼잣말을 하면서. 고양이는 알쏭달쏭한 표정으로 그런 나를 빤히 쳐다본다. 다 알아들었다는 듯이 내 발목에 이마를 부비기도 한다. 만약 신이 있다면 그의 언어가 이럴 것이다.

온
잠 도
옷
과

친구들과 짧은 여행을 다녀왔다. 여행지의 풍경이나 음식보다도 기억에 남는 것은 그들의 잠옷이다. 여행지 이곳저곳을 둘러보다 밤늦게 숙소에 돌아온 우리는 저마다 짐 가방에서 편한 옷을 꺼내 입었다. 잠옷은 크게 두 부류였다. 운동복, 맨투맨 티같이 외출할 때도 입을 수 있는 것과 파자마같이 애초에 실내용으로 만들어진 것. 나는 친구들에게 집에 혼자 있을 때도 이렇게 입느냐고 물었다. 따로 잠옷이 없어 그냥 아무거나 편한 옷을 입는다는 친구도 있고, 집에서는 가운만 입거나 속옷 바람이라는 친구도 있었다. 한 명은 아예 아무것도 입지 않는다고 했다.

　　잠옷에 관한 철학은 각양각색이었다. 파자마를 입는 이들은 외출복과 잠옷에 구별이 없는 것을 이해하지 못했고, 반대편에서는 그것을 유난스러운 일로 여겼다. 속옷과 나체파에게 옷은 마냥 불편한 것이었다. 그들은 보는 사람이 없는 곳에서 옷을 입는 것을 의아해했다. 그러자 이제껏 실랑이를 벌이던 (뭐라도 걸치는) 이들이 연합해서 그들을 미개인 취급했다. 아, 글쎄 너희도 한번 다 벗고 있어 보라니까, 얼마나 편한데, 집에서 답답하고 거치적거리게 옷을 왜 입어. 속옷과 나체파에게 옷은 일종의 허례허식이었다. 남들의 이목만 아니면 옷 따위는 언제든지 벗어던져 버리고 싶어 했다. 나는 그들의 이야기를 들으며 집 안에서의 옷차림이 이토록 다양하다는 데 놀랐다.

나는 집에 있을 때 반팔에 흔히 냉장고 바지라고 하는 신축성이 좋고 헐렁한 하의를 입는다. 잘 때도 대개 마찬가지다. 수시로 졸리면 자는지라 그때마다 잠옷을 갈아입기가 번거롭기 때문이다. 그래도 옷 한번 갈아입기가 죽도록 귀찮을 때를 제외하고는 집에서 입는 옷차림으로 외출을 하는 경우는 드물다. 나름대로 외출복과 실내복을 철저히 구분한다. 실내복의 제일 기준은 편안함이다. 디자인 따위는 상관없다. 속옷과 나체파처럼 보는 사람도 없는데 근사한 옷을 입고 있을 필요는 없다고 생각한다. 그렇다고 홀라당 벗고 있기는 어딘가 겸연쩍다. 비록 내 몸이라고 할지라도 사람의 맨몸을 보는 일이 무안하다고나 할까.

여느 때와 다름없이 집에서 반팔에 냉장고 바지를 입고 있는데 문득 쌀쌀한 기운이 들었다. 보일러 온도조절계를 보니 24도였다. 24도면 여름철 기온인데 몸에 한기가 돈다는 것이 이상했지만, 의문은 뒤로한 채 습관적으로 보일러 온도를 몇 도 올렸다. 그리고 반팔 위에 긴팔을 덧입었다. 한두 시간이나 지났을까. 몸이 더웠다. 보일러 온도는 26도. 단 2도가 한겨울과 한여름의 차이처럼 크게 느껴졌다. 나는 곧장 긴팔을 벗고 평소의 복장으로 돌아갔다. 역시 익숙한 것이 편했다. 짧은 시간이었지만 집에서 긴팔을 입고 있는 것이 여간 거추장스럽지 않았었다. 그사이에 수도 없이 팔소매를 걷어붙였다 내리기를 반복했고, 일에 집중하지 못했다.

생각난 김에 겨울철 실내 적정 온도를 찾아봤다. 질병관리청은 그 온도를 18~20도로 권장하고 있었다. 또 19도에서 내복을 입는 것과 24도에서 내복을 입지 않고 생활하는 것이 비슷하니 에너지 절약을 위해 집에서도 의복을 갖춰 입으라는 기사도 봤다. 한번 시작한 웹서핑은 늘 그렇듯이 꼬리에 꼬리를 물고 이어졌다. 나는 '온도'를 키워드로 이런저런 텍스트를 찾아 읽었다. 그중 신체 온도에 관한 글에 유독 눈길이 갔다.

알다시피 사람의 정상 체온은 36.5~37도다. 체온은 하루에도 여러 번 변하는데, 그 범위는 1도 이내라고 한다. 우리 몸은 온도가 1도 이상 오르고 내리는 것만으로도 병을 앓는다. 열사병이나 저체온증이 대표적인 증상이다. 신체 온도가 정상 체온에서 3도 이상 벗어나면 생명이 위태롭다고 한다. 1도가 중요한 것은 생물만이 아니다. 지구의 온도가 1도 상승하면, 전 세계 각지에 가뭄이 일어난다. 킬리만자로의 만년빙이 녹고, 각종 기상이변이 발생한다. 3도가 오르면 아마존 열대우림이 사막화되고, 빙하가 녹아 높아진 해수면에 세계의 많은 도시가 가라앉는다고 한다. 그 반대는 상상하기 어렵지 않다. 한겨울의 불모를 떠올리면 온도가 떨어진 지구에서는 아무것도 생장할 수 없을 테다.

익히 알던 내용이었지만, 새삼스레 읽은 것은 여행지에서의 친구들이 떠올랐기 때문이다. 돌이켜보니 속옷과 나체파는 평소에도 몸에 열이 많았다. 여름을 유독 못 견뎌 하고, 음식을 먹을 때도 이마와 콧잔등에 땀이 송골송골하기 일쑤였다. 집에서도 긴팔에 긴바지를 꼭꼭 챙겨 입는 친구들은 추위를 잘 탔다. 겨울에 전자가 반팔 위에 패딩 점퍼 하나만 걸치고 다닌다면, 후자는 옷을 여러 겹 껴입는 것도 모자라 목도리에 장갑까지 두르고 다녔다.

온도에 관한 텍스트를 읽다 보니 친구들의 이런 행색이 저마다 살기 위해서라는 생각이 들었다. 내가 보일러 온도를 조절하고, 긴 팔을 입었다 벗었다 한 것도 매한가지다. 옷을 입는 것도 벗는 것도 그저 취향의 문제가 아니라 각자 정상 체온을 유지하려는 나름의 노력이었던 듯싶다. 의복은 사람이 체온을 조절하는 가장 기본적인 방편이다. 사람마다 타고난 체질이 다르니 옷으로써 몸의 온도를 지키는 방법도 다 다를 수밖에 없다. 그러니 옷을 두고 이래라 저래라 하는 것은 생사여탈의 문제까지 번질 수도 있다.

이렇게 생각하니 옛 애인에게 서운했던 점 한 가지를 사과해야 할 것 같다. 그는 여름에 내가 포옹이라도 하면 더우니까 저리 가라며 몸서리쳤다. 그럴 때마다 나는 덥긴 뭐가 더우냐며 입술을 삐죽삐죽 내밀었다. 나는 더위를 잘 안 타고 추위에 약한 체질이다. 그는 정반대였다. 체온이 1도만 올라도 몸에 큰 탈이 나는데, 나는 어쩌자고 더워하는 애인에게 달라붙은 것일까. 좀 과장해서 말하자면, 그 순간만큼은 그의 눈에 내가 애인이 아니라 생명을 위협하는 존재로 보였을지도 모를 일이다. 나는 그때 사랑하는 이의 정상 체온을 지켜주지는 못할망정 나를 밀어내는 그를 서운하게만 여겼었다. 마음이 식은 거 아니냐고 투덜대기도 했다.

그러고 보면 우리는 마음의 상태도 온도로 표현한다. 마음이 따뜻하다, 마음이 훈훈하다, 마음이 식었다, 마음이 차갑다……. 살기 위해 몸이 정상 체온을 유지해야 하는 것처럼 마음에도 적당한 온도가 있을 테다. 마음이 건강할 수 있는 온도는 몇 도일까. 마음의 정상 체온은 모르겠지만, 적어도 지금은 여름날에 나를 밀쳐냈던 애인의 행동과 그가 가졌던 마음의 온도가 무관하다는 것을 안다. 친구들

또한 집에서 저마다 다른 옷차림을 하고 있어도 자기 집을 찾은 친구를 환대하는 마음은 다르지 않으리라는 것을 안다.

뭐가 춥다고 그래. 겨울날 내가 옷을 있는 대로 껴입고도 춥다며 몸을 웅크리면 애인은 그때마다 이런 말로 핀잔을 주면서도 내 옷깃을 다시 여며줬었다. 지금 내 체온은 36.5에서 37도 사이 어디쯤이겠지만, 그때를 생각하면 마음이 조금 더워진다. 언 땅을 뚫고 싹이 움트는 것처럼, 마음이 간실간질하다.

지구온난화가 지구를 황폐하게 하는 것과 달리 마음 온난화는 마음을 낫게 하고, 낳게 하고, 나아지게 한다.

봄비를 듣는 두 가지 마음

지방에서 일을 마치고 운전을 하여 돌아오는 길이었다. 출발할 때부터 끄물끄물하던 하늘에서 기어이 비가 떨어지기 시작했다. 그래 봐야 으레 가는 봄비겠거니라고 여겼던 내 생각이 틀렸다는 것을 깨닫는 데는 채 몇 초도 걸리지 않았다. '하늘에 구멍이 뚫렸나'라는 혼잣말이 절로 나올 정도로 갑자기 쏟아지는 억수였다.

나는 황급히 와이퍼를 켜고 속도를 줄였다. 와이퍼가 부지런히 두 팔을 움직여 앞 유리에 들이치는 빗방울을 닦아냈지만 시계(視界)는 좋지 않았다. 부질없는 노력이 있다면 이런 것이겠구나 싶었다. 와이퍼가 빗물을 닦아내기 무섭게, 아니 닦는 와중에도, 닦아낸 것보다 더 많은 양의 비가 앞 유리에 몰아쳤다. 기상(氣象) 상황을 듣기 위해 라디오를 켰지만, 차체를 때리는 빗소리에 묻혀 들리지 않았다. 대낮인데도 눈과 귀가 한밤처럼 어두웠다. 나는 그저 운전대를 꽉 쥔 채 한 걸음 한 걸음 조심조심 나아가는 수밖에 없었다.

한 시간 반의 거리를 갑절의 시간이 걸려 도착했다. 집에 돌아오니 온몸에 기운이 없었다. 운전을 하는 동안 온 신경을 곤두세우고 있었던 탓이다. 빗길에 운전 한번 한 것을 가지고 웬 유난인가 싶겠지만, 내게 운전은 언제나 진이 빠지는 일이다. 나는 운전을 자주 하지 않는다. 외출을 잘 하지 않는 데다가 집을 나서면 대개 대중교통을 이

용한다. 나와 달리 주변에는 운전 자체를 즐기는 친구가 많다. 그들은 운전으로 스트레스를 풀기도 하고, 시간이 날 때면 국내 여기저기를 드라이브하기도 한다. 반면 내게 차는 나를 이곳에서 저곳으로 옮겨 주는 이동 수단에 불과하다.

나는 운전을 하는 시간이 아깝다. 대중교통에 몸을 맡겨서는 독서를 할 수도 잠을 잘 수도 있지만, 운전을 하면 오로지 거기에만 집중해야 한다. 신호를 살피고 전후좌우의 차에 유의하고 돌발 상황에 대비하는 그 집중의 시간이 나는 몹시 피곤하다. 가까운 친구를 교통사고로 잃은 경험도 있어서 운전을 하면 괜스레 신경이 예민해진다. 이런저런 이유로 나는 지방의 외진 곳을 찾는 일이 아니고서는 웬만해서는 운전대를 잡지 않는다. 날씨가 좋지 않은 날은 아예 운전할 생각도 하지 않는다. 오늘처럼 운전 중에 비를 만나는 경우야 어쩔 수 없지만.

"봄비도 오는데 낮술이나 할까?"

소파에 몸을 반쯤 묻고 쉬는데, 가까이 사는 친구에게서 문자 메시지가 왔다.

"봄비가 아니라 거의 장맛비던데?"

나름 완곡한 거절의 표현이었다. 세 시간 가까이 빗길을 뚫고 애써 도착한 방을 벗어나고 싶지 않았다. 잠시 후 친구는 뜬금없이 시한 수를 보내왔다.

오동에 듣는 빗발 무심히 듣건마는
내 시름이 많으니 잎잎이 수성(愁聲)이로다
이후야 잎 넓은 나무를 심을 줄이 있으랴

　　언젠가 보았던 작품 같은데 잘 기억나지 않았다. 인터넷을 검
색해보니 김상용의 「오동에 듣는 빗발」이라는 시조였다. 오동나무 잎
에 떨어지는 빗방울 소리를 듣는데, 내 마음이 심란하니 그것이 모두
근심 소리(愁聲)로 들린다는 이야기였다.
　　친구의 말인즉 봄비든 장맛비든 다 듣기 나름이니 군소리하지
말고 나오라는 뜻. 나는 피식 웃음이 나왔다. 홀로 비 내리는 봄날의
아취에 젖어 있을 친구의 모습이 우스웠다. 낮술 한잔 먹자고 조르는
데 옛 시조까지 들먹이는 정성이 갸륵하기도 했다. 나는 친구에게 박
자를 맞춰줄 요량으로 오랜만에 시조들을 찾아봤다. 작자 미상의 한
시조가 답장으로 맞춤했다.

설월(雪月)이 만정(滿庭)한데 바람아 부지 마라
예리성(曳履聲) 아닌 줄은 판연(判然)히 알건마는
그립고 아쉬운 마음에 행여 긴가 하노라

　　눈 내린 뜰에 달빛이 가득한데, 바람이 분다. 화자에게는 쌓
인 눈 위로 부는 바람 소리가 잠시 '신발 끄는 소리'(曳履聲)로 들린 모
양이다. 그럴 리가 없다는 것을 알고 있는데도, 임을 기다리는 마음이
간절하여 생긴 일이다. 누군가를 기다려본 사람은 안다. 문 밖에서 들
리는 작은 소리도 혹시 그 사람의 인기척이 아닌가 싶어 돌아보게 되

는 마음을. 애틋하고 낭만적인 작품이지만, 내가 친구에게 이 시조를 보낸 것은 다른 의미에서였다. "혼자 김칫국 마시지 마."

친구에게 「설월이 만정한데」를 띄우고 나서 창문을 열어봤다. 운전 중에는 그토록 매섭게 퍼붓던 빗줄기가 얄밉게도 조금 잦아져 있었다. 문득 가벼운 낮술 한잔으로 지친 심신을 달래는 것도 좋을 성싶었다. 나는 친구의 답을 기다리지 않고, 곧장 전화를 걸었다. 우리는 내 집과 친구 집 중간쯤에서 만나기로 약속을 잡았다.

우리가 들어간 곳은 통유리창이 크게 난 만두전골집이었다. 코로나 시국과 점심과 저녁 사이의 애매한 시간이 겹쳐서인지 손님이 라고는 우리밖에 없었다. 우리는 창문가에 자리를 잡고, 뜨거운 국물에 술잔을 나눴다.

창밖으로 내리는 봄비를 보며 친구와 대작하는 일은 제법 운치가 있었다. 통유리창을 두드리는 빗방울 소리도 썩 듣기 좋았다. 차 안에서는 꼴도 보기 싫었던 비가 지금은 술맛을 돋우는 데 더할 나위 없었다. 후두둑후두둑 떨어지던 빗방울이 점차 기세를 잃고 추적추적 내리는 것이 아쉽기까지 했다.

"사람의 마음이 참 간사하다. 그지? 같은 빗소리가 어떻게 이렇게 다르게 들리냐."

"마음이 하는 일이 다 그렇지 뭐."

그러고 보니 만두전골집 앞을 지나며 우리를 곁눈질하는 사람들의 마음도 그럴 듯했다. 누군가의 눈에는 낮부터 술이나 먹는 한량으로, 또 다른 눈에는 참 부러운 팔자로 보이겠지. 출출한 사람의 안

중에는 우리 따위는 보이지 않고, 보글보글 끓는 만두전골만 들어오 겠지. 술에 취해 그런 생각을 하고 있자니 불쑥 신윤복의 〈월하정인〉 (月下情人)이 떠올랐다. 짧게 자른 손톱 같은 달이 떠 있는 한밤중, 어 느 길모퉁이 담장에 젊은 남녀가 서 있는 그림. 그 그림 중간에는 이 런 글이 적혀 있다.

> **달빛 어두운 밤 삼경** [月沈沈夜三更]
>
> **두 사람 마음이야** [兩人心]
>
> **둘만이 알겠지** [事兩人知]

감 사
기 랑
와

오뉴월이 되면 연례행사처럼 감기를 앓는다. 큰 병을 앓은 적도 없고, 다른 잔병치레도 거의 없이 제법 건강하게 사는데도 그렇다. 삶의 대부분을 에어컨 없이 살아왔고, 에어컨을 방에 들여놓은 요 몇 년간도 오뉴월에는 에어컨을 틀지 않았으니 냉방병 때문도 아니다. 다행히 올해는 오월의 절반쯤 지나간 오늘까지 감기가 들 것 같은 기운은 없지만, 아직은 모를 일이다. 혹여 올해도 감기를 앓으면 늘 그랬듯이 '오뉴월 감기는 개도 안 걸린다는데, 올해도 역시 나는 개만도 못하구나'라고 자조할밖에.

감기에 걸릴 때마다 드는 생각이지만, 감기는 사랑을 닮았다. 감기를 제목으로 또 소재로 한 사랑 노래도 있는 것을 보면 나만 그렇게 생각하지는 않는 모양이다. 어느덧 내 안으로 들어와 나를 시름시름 앓게 하는 것이 그렇고, 고생 끝에 나아서 이제는 면역력이 생겼을까 했더니 얼씨구나 또 앓게 되는 것이 그렇다. 감기 바이러스는 하나가 아니라 수많은 변종이 있기에 아무리 앓아도 면역이 생기지 않는다. 사랑도 한 번 사랑앓이를 했다고 해서 끝나지 않는다. 변종 바이러스처럼 세상에는 저만의 매력을 가진 사람이 숱하게 많고, 그만큼 우리에게는 새로운 사랑의 기회가 있다.

새로 사랑할 때마다 우리는 처음 감기에 걸려보는 사람처럼 그것을 앓는다. 몇몇 독감을 제외하면 감기에는 백신도 없고, 일단 걸리면 백약이 무효다. 감기에는 치료약이 없다. 수많은 바이러스에 맞춰 일일이 치료제를 만들 수 없는 까닭이다. 우리가 먹는 감기약은 치료제가 아니다. 약으로써 콧물을 억제하고, 기침을 잦게 하고, 열을 떨어뜨리는 등 감기에 따른 증상을 완화하는 대증요법일 뿐이다. 사랑의 열병에 시달릴 때도 우리는 대증요법만 실시할 수 있다. 짝사랑일 때는 더욱 그렇다. 사랑은 단번에 끊어내기 어렵고, 그 사람의 표정과 눈빛과 손짓이 사랑이라는 병의 대증요법이 된다.

병에 걸리면 한시라도 빨리 낫고 싶지만, 사실 병이 꼭 나쁜 것만은 아니다. 병과 함께 찾아오는 병증은 우리 몸이 제대로 작동하고 있다는 신호다. 우리는 건강하기 때문에 아픈 것이다. 병은 통증으로써 매 순간 우리가 살아 있는 존재임을 자각시킨다.

조지훈 시인은 「병(病)에게」라는 시에서 병을 "나의 정다운 벗, 그리고 내가 공경하는 친구"라고 부른다. "자네는 나에게 휴식을 권하고 생(生)의 외경(畏敬)을 가르치네"라는 구절에서 '자네'는 물론 '병'이다. 이 시는 "잘 가게 이 친구 / 생각 내키거든 언제든지 찾아주게나. / 차를 끓여 마시며 우린 다시 인생을 얘기해 보세그려"라며 끝을 맺는데, '친구'를 '사랑'으로 바꿔 읽어도 좋을 것 같다. 시의 화자가 병을 기다리는 마음과 우리가 또다시 사랑을 기다리는 마음이 다르지 않기 때문이다.

약을 먹지 않아도 대부분의 감기는 시간이 지나면 자연 치유된다. 사랑의 상처도 그렇다. 감기에도 사랑에도 시간이 약이다. 물론 어떤 감기는 합병증을 유발해 치명적이기도 하다. 그저 감기일 뿐이라고 너무 방치해서는 안 된다. 감기에는 몸을, 사랑에는 마음을 푹

쉬게 하고, 잘 먹이고, 잘 재워야 한다.

　　오늘은 종일 방에서 감기와 사랑을 갖고 시를 썼는데, 흘러간 옛 유행가 가사 같은 문장만 나와서 결국 포기했다. 감기가 누구나 앓는 흔한 질병이듯이 본래 사랑 자체가 누구나 좋아하는 유행가 같은 것인지도 모르겠다. 아직 오월의 절반과 유월이 남아 있는데 올해도 그사이에 감기가 찾아올까. 그게 뭐 좋은 거라고. 누구나 걸리는 그 흔한 병 한번 앓지 않으면, 괜스레 서운할 것만 같다.

슬픈
책

집에 놀러온 친구가 책장을 구경하다가 말했다. "슬픈 책 좀 추천해 줘." 나는 그 말이 문득 이상했다.

책을 보다 울컥할 때 우리는 작가의 슬픔을 엿본 것이 아니다. 주인공의 슬픔에 공감하는 것도 아니다. 원래 우리 안에 있던 슬픔이 깨어났을 뿐. 책은 우리를 슬프게 할 수 없다. 몸속을 돌던 피가 작은 상처에도 배어나오듯 책의 한 구절에 찔려 구멍 난 마음 밖으로 슬픔이 흘러나오는 것이다.

이미 슬펐던 마음만이 책을 읽고 슬퍼할 수 있다. 책은 슬픔을 모른다. 슬픈 책은 없다. 슬픈 것은 우리다. 친구가 찾는 것은 슬픈 책이 아니라 마음껏 슬퍼할 구실이겠지. 나는 친구를 방 안으로 밀어넣었다. 방에 친구를 혼자 두고, 방문을 닫았다. 자기의 슬픔보다 슬픈 책은 없다. 친구의 마음은 어느 페이지를 펼치든 슬픔에 밑줄이 쳐져 있을 것이다. 그는 이제 자기 안의 슬픔을 읽어나갈 테다.

지친 나그네의 발길이 그늘나무를 찾듯이 울고 싶은 마음은 방을 찾는다. 방보다 마음 놓고 울기 좋은 곳은 없다. 방은 섣부른 위로를 건네지 않고, 들썩이는 어깨를 다독이지도 않는다. 다만 스스로를 울 자리로 내어준다. 울음에는 묵묵히 곁을 지키는 배려가 필요하다는 것을, 방은 알고 있다.

　　우리가 방문을 걸어닫고 울 때 방은 가만히 제 속에 그 울음을 품는다. 우리의 울음이 밖으로 새어나가지 않도록 그 울음소리를 꼭 끌어안는다. 만약 누군가 내 글을 읽고 울더라도 그 눈물에 내 눈물은 한 방울도 섞여 있지 않다. 나는 당신에게 내 울음을 들려준 적이 없다. 당신의 울음에 동참하지도 않는다. 나의 최선이란 그저 당신 마음속에 있는 울음의 안부를 묻는 일.

　　당신은 당신의 슬픔을 본다. 당신의 울음은 온전히 당신만의 것. 빈방이라서 혼자 있는 방이라서 슬픈 것이 아니다. 울음소리가 방 안을 가득 메워도 울고 있는 것은 방이 아니라 우리다. 슬픈 방은 없다. 방은 슬픔을 모른다. 방은 슬픔을 몰라서 아무렇지 않게 제 안을 울음으로 채울 수 있다.

　　닫힌 방문 틈으로 조용히 흐느끼는 소리가 흘러나온다. 나는 놀라지 않는다.

　　방이 읽어주는 슬픈 책을 나는 말없이 듣는다.

잠
과
꿈

"또 자? 지금이 몇 신데?"

내 친구라면 적어도 두세 번쯤 입 밖에 냈을 소리다. 그 말처럼 나는 자고 또 잔다. 지금이 몇 시인지에 구애받지 않고, 그저 졸리면 잔다. 원체 잠이 많은 데다가 잠자기를 취미처럼 즐긴다. 심심해서 자고, 생각하기 싫어서 자고, 배가 불러서 자고, 졸려서 잔다. "겨울잠 자니?"라는 핀잔을 자주 들었다. 내가 방에서 가장 많이 하는 것은 자는 일이다. 내게 잠자기는 파적거리이자 놀이이고, 무엇보다 효과가 좋은 스트레스 해소법이다. 나는 삶의 절반쯤을 잠으로 보낸 듯싶다.

혹자는 잠보인 나를 보며 혀를 찬다. 세상은 넓고 할 일은 많은데, 인생을 잠으로 탕진하는 것이 아깝지 않느냐고 한다. '탕진'이라는 말 속에는 한심함이 깔려 있다. 그들에게 잠은 무기력, 나태, 타락, 게으름, 시간 낭비와 동의어다. "잠은 죽으면 실컷 잔다"가 그들의 표어. 그들은 한시도 가만있지 않는다. 무언가 하지 않고는 견디지 못한다. 시간을 아껴 쓰는 부지런한 사람, 성공을 위해 노력하는 사람, 인생을 즐기는 사람. 이것이 그들이 바라는 자기 모습이다. 그런 시선으로 보자면 나는 반송장이나 마찬가지지만, 상관없다. 어차피 자는 동안은 보이지도 않고, 들리지도 않으니까.

내일을 위해 잠자리에 드는 사람에게 잠은 그냥 흘려보내는 시간이다. 잠은 하루 동안 일을 하느라 지친 기력을 회복하는 방편일 뿐이다. 그러나 삶의 어느 한순간이 다른 순간을 위한 수단이 될 수는 없다. 우리는 평균적으로 일생의 삼분의 일을 잠으로 보내는데, 그 시간을 불필요하게 여기면 삶의 삼분의 일은 의미를 잃고 마는 것 아닌가. 뭇 생명이 어려서는 대부분을 잠으로 보내고, 나이가 들수록 그 시간이 줄어든다. 죽음에 가까워질수록 덜 자는 것이다. 그러고 보면 자는 시간이야말로 우리가 가장 생기 있는 때인지도 모른다.

내게 잠은 수단이 아니라 목적이다. 나는 시간을 만들어서라도 더 잔다. 잠은 아무것도 하지 않는 상태가 아니다. 나는 여름에 홑이불이 내 몸을 돌돌 감싸는 느낌이 좋다. 겨울에 적당한 두께의 이불이 나를 포근히 감싸는 느낌이 좋다. 이불을 덮고 있을 때 느껴지는 온기는 공기 중으로 흩어지지 않은 내 체온이다. 이불은 내 몸의 열기를 머금고, 내 체온으로써 나를 덥힌다. 이불을 덮는 것은 내가 나를 안아주는 일. 나는 내가 나를 위로하는 그 시간이 좋다. 나는 잠을 느낀다.

내 옆에 누워 고르릉고르릉하는 고양이 소리를 듣는 것도 좋다. 우리집 고양이들은 제 할 일을 하다가도 내가 침대로 가면 따라와 같이 눕는다. 팔베개를 해달라고 어리광을 부리기도 하고, 내 머리맡이나 발치에 누워 저 편한 자세로 잠을 부른다. 내가 몇 시간을 자고 일어났든 그 자리에 그대로 있다. 고양이들의 평균 수면 시간은 인간의 두 배쯤 된다. 잠이 많은 내가 보기에도 대단하다 싶을 정도로 시도 때도 없이 잔다. 고양이는 잠을 즐긴다. 그들의 잠든 표정을 본 사람이라면 누구라도 동의할 것이다. 잠에 관해서만큼은 나와 고양이 의 철학이 같다.

꿈도 잠의 재미에서 빼놓을 수 없는 부분이다. 방에서만 지내 는 생활과 다르게 나는 엄청난 스케일의 꿈을 자주 꾼다. 외계인이나 좀비, 흡혈귀, 정체불명의 괴물 따위가 내 꿈의 주요 등장인물이다. 거대 해일, 운석, 미지의 전염병, 홍수 등도 단골 소재다. 내 꿈의 장 르는 대개 재난영화다. 꿈을 꿨다 하면 이놈의 지구는 어김없이 절체 절명의 위기에 빠져 있고, 나는 그 위기에 맞서 싸우거나 도망치기 바 쁘다. 영화의 주인공이 된 것처럼, 아니 실제로 주인공이 되어 좌충 우돌하다가 잠이 깨면 늘 아쉬움이 크다. 잽싸게 눈을 감고 다시 잠을 청해보지만, 한번 닫힌 꿈나라의 문을 찾아 열기가 쉽지 않다. '아, 내 꿈을 그대로 스크린에 틀 수만 있다면 대박 날 텐데.' 나는 이런 헛생 각을 하며 이불을 머리끝까지 뒤집어쓴다.

옛 시골집 꿈도 종종 꾼다. 지금은 폐가가 되었지만 나는 예전 에 방학이면 으레 조부모님이 계시는 시골집에 내려가고는 했다. 산 중턱에 덩그러니 놓인 조그만 한옥이다. 사랑채는 아궁이에 군불을 때는 온돌방이었는데, 거기 누워 있으면 그야말로 '몸을 지진다'라는 표현이 딱 들어맞았다. 방바닥이 너무 후끈거려서 한 자세를 오래 유 지하면 화상을 입을 정도였다. 나는 한겨울이면 그 방에서 몸을 이리 저리 뒤집으며 잠자기를 좋아했다.

사랑방과 안방 사이에는 사람의 손때로 반질거리는 마루가 있 었다. 그곳은 봄가을에 볕바라기를 하며 낮잠에 들기 안성맞춤이었 다. 바람 소리, 새소리뿐인 적막한 산중에서 맑은 공기를 들이쉬고 있자면 잠이 절로 왔다. 할아버지 할머니가 차례로 돌아가시고 더는 사람의 손이 미치지 않는 빈집이 되었지만, 꿈속의 시골집은 언제나 예전 그 모습이다.

"너 그러다 소 된다." 한잠 늘어지게 자고 있으면 할머니는 곧잘 내게 이런 지청구를 줬다. 아마 「소가 된 게으름뱅이」(판본에 따라서는 「소가 된 잠꾸러기」라고도 한다.)라는 옛날이야기 때문일 것이다. 내용은 제목 그대로다. 어느 게으름뱅이가 소가 되었다가 죽도록 고생을 하고 개과천선한다는. 그런데 소의 그 순한 눈망울을 떠올리면, 인간이었을 적 게으름뱅이(잠꾸러기)의 눈빛도 그처럼 선했을 성싶다. 졸리면 자는 것. 세상의 숱한 욕망 중에 이보다 더 무해한 것이 있을까.

잠에 든 사람은 모두 성인(聖人)이다. 우리가 깨어서는 감히 도달할 수 없는 해탈의 경지가 거기에 있다. 인간이 삶의 대부분을 잠으로 보냈다면 끔찍한 전쟁들도 없었겠지. "야, 일어나 봐, 전쟁이다!" "아, 졸려……. 잠이나 자." 잠은 평화다. 백 번 생각해도 총칼을 드느니 따뜻한 방바닥에 배를 대고 누워 한숨 더 자는 것이 낫다.

잠들기에 좋지 않은 시간은 없다. 생체리듬에 따라 밤은 밤대로, 낮은 낮대로 따스한 햇볕을 덮고 졸기 좋다. 사람들은 어떻게든 잠의 유혹을 떨치고 깨어 있으려고 하지만, 나는 오히려 조금이라도 더 자기 위해 잠을 유혹한다. 잠을 방해하는 잡생각을 물리치고, 몸과 마음을 평온하게 하려고 애쓴다. 잠을 부르고 잠을 자는 동안 나는 타인에게도 스스로에게도 무해한 사람이다. 어쩌면 잠들었을 때 나는 가장 좋은 사람인지도 모른다.

이 글을 쓰고 있는 오늘은 입춘(立春)。 춥고 궂은 날이 며칠 계속되었는데 곧 날이 풀릴 것이다. 이제 솜이 두툼한 겨울 이불과는 잠시 헤어질 시간이다. 잠을 위하여、 방 한쪽에 치워두었던 봄 이불을 미리 꺼내 빨아두어야겠다.

혼
술
재
미
와

"무슨 재미로 살아? 뭐 재미있는 일 없어?" 문득 전화를 걸어온 친구
가 물었다. "그런 거 없어. 꼭 재미가 있어야 살아? 혹시 재미있는 것
찾으면 나도 좀 알려줘. 그런데 재미만 좇는 것도 재미없지 않아?"
애초에 너한테는 기대가 없었다는 듯이, 친구는 내 대답이 끝나자마
자 삶의 고단함과 적적함을 토로했다. 얘기는 수다했지만 요는 '사는
낙이 없다'는 것이었다. 나는 무심하게 "응, 응. 그냥 그런 거지"라
며 그의 말을 받아넘겼다. "그래, 조만간 만나서 술이나 한잔하자."
늘 그렇듯이 우리는 '기약 없는 조만간'을 약속하며 통화를 마쳤다.

　　　오랜만에 걸려온 친구의 전화를 심드렁하게 받은 데는 이유
가 있다. 이런 전화가 한두 번이 아닌 까닭이다. '아, 심심하다. 걔는
뭐하고 살지?' 직접 물어본 것은 아니지만 틀림없이 친구는 이런 생
각이 들 때면 내게 전화를 했을 테다. 나는 그런 친구를 머리로는 이
해하지만, 마음으로 공감하지는 못한다. 아니, 공감은 되지만 이해
하지는 못한다. 설사 내게 재미있는 일이 있다한들 그것이 친구의 재
미가 될 수 있을까. 아무리 가까운 사이라도 취향이 완벽하게 같을
수는 없다.

　　　내 주변에는 여행을 좋아하는 친구가 많다. 그들은 여행을 다
녀온 이야기를 내게 자주 들려준다. 그럴 때 친구들의 목소리는 아직

여행의 설렘이 남은 듯 들떠 있다. 반면 나는 예의 심드렁한 말투다. 네 즐거움에 찬물을 끼얹고 싶지는 않지만, 그렇다고 네 얘기가 딱히 흥미롭지는 않다는. 여행을 좋아하는 친구에게 내 방구석 생활을 들려준들 마찬가지일 테다. 어쩌면 이 다름이 주는 호기심과 흥미가 우리를 친구로 맺어주었는지도 모르겠다. 친구가 때때로 내게서 재미를 찾는 것도 이 다름에 괜한 기대를 걸어보는 것인지도.

나는 재미있는 일이 없어서 못 살겠다는 친구가 딱했다. 그냥 저냥 만족하고 살면 되지 왜 저렇게 안달복달할까. 내 삶의 우선순위는 재미가 아니라 '별일 없음'이다. 슬픔은 말할 것도 없지만, 나는 행복도 그리 탐탁지 않다. 행복이 큰 만큼 그것이 사라진 자리에 남는 공허함도 크기 때문이다. 내가 좇는 마음의 상태는 평정심이다. 파고 없이 잔잔한 수면 같은 마음. 놀이기구에 빗대자면 나는 짜릿한 롤러코스터보다는 회전목마가 더 좋다.

친구 역시 나를 딱하게 여긴다는 것을 잘 안다. 세상에 재미있는 일이 얼마나 많은데 왜 만날 방구석에 틀어박혀 있는 거야. 답답하지도 않냐. 나 같으면 벌써 병났다. 어쩌면 서로 다르기 때문에 친구가 됐듯이 어쩌면 이렇게 서로를 딱하게 여기는 마음이 우리를 여전히 친구로서 이어주는지도 모른다.

친구와 통화를 한 날 저녁, 혼자서 술을 마셨다. 요즘 말로 '혼술'인 셈인데, '독작'(獨酌)이라는 한자말보다는 이 신조어가 입에 더 잘 붙는다. 나는 줄임말이나 합성어를 보면 나도 모르게 눈살을 찌푸리게 되는데, 혼술이라는 말은 누군지 몰라도 참 잘 지은 듯하다. 사실 시는 이런 사람이 써야 하는데.

혼술이라는 말이 떠돌기 시작한 것은 몇 년 전이지만, 내 혼술의 역사는 꽤 오래됐다. 술을 마실 수 있는 나이가 되면서부터 나는 혼술을 즐겼다. 집에서 혼술을 하면 드는 돈도 적지만, 무엇보다 마음이 편하다. 내가 남에게 주사를 부릴 일도 없고, 남의 주정을 받아줄 일도 없다. 사람마다 주량도 잔을 비우는 속도도 다 다른데, 그런 것을 일일이 신경 쓰지 않아도 된다. 방은 '술 권하는 사회'에서 벗어나 있다. 스스로 마시고 싶은 만큼 마시고, 취하면 언제든지 널브러지면 된다. 혼술을 하면 사람들과 마실 때보다 과음도 덜하게 된다.

적잖이 외로울 때면 밖에 나가 혼술을 하기도 한다. 사람들과 함께 마시는 것은 아니지만, 사람들 틈에 어울려 술을 마시는 것이다. 비록 낯모르는 사이기는 하지만 옆에 사람이 있다는 것만으로 적적함은 많이 사그라진다. 예전에는 술집에 혼자 와서 술을 마시는 이는 사연 있는 사람 취급을 받았다. 실연을 당했거나 사업에 실패했거나 알코올중독자이거나. 1인 가구가 늘고, '혼족·혼술·혼밥·혼놀'이라는 말이 공공연히 쓰이면서는 확실히 그런 시선이 한결 덜한 듯하다. 나처럼 혼자 술 마시기를 좋아하는 사람에게는 세상이 더 좋아진 셈이다.

친구가 '혼밥 난이도 테스트'라는 것을 핸드폰으로 보내준 적이 있다. 편의점, 구내식당, 패스트푸드점, 분식집, 일반음식점, 맛집, 패밀리레스토랑, 고깃집, 술집 순으로 난이도가 매겨져 있었다. 나는 진작부터 고깃집과 술집에서 혼자 먹고 마셨기 때문에 왜 그곳들이 최고 난도로 되어 있는지 알 수 없었다. 나는 자취를 시작한 대학생 때부터 고기가 당기면 혼자 고깃집을 찾았다. 처음에는 혼자서 고기 2인분과 소주 한 병을 시키는 나를 실눈 뜨고 보던 사장님도 몇

번 발길이 이어지자 나를 반겼다. 나중에 들으니 가게는 테이블 회전
이 중요한데, 나처럼 조용히 먹을 것만 딱 먹고 가는 손님이 싫을 리
없다고 했다. 다만 혼자 와서 술을 마시는 사람 중에 주정꾼이 많아서
낯선 손님이라면 괜히 경계를 하게 된다고 했다.

　　혼술과 혼밥 난이도 테스트에 대해 생각하다 보니 조지훈 시
인의 「주도유단」(酒道有段)이라는 글이 떠오른다. 바둑에 급수가 있
듯이 술을 마시는 데도 급수가 있다는 내용이다. 그에 따르면 음주의
급수는 연륜, 술친구, 마시는 때, 마시는 이유, 술버릇 등을 종합하여
따져보면 알 수 있다. 급수는 제일 하수인 9급부터 가장 높은 9단까
지 모두 18단계다.

　　9급은 '불주'(不酒)로서 술을 아주 못 먹지는 않으나 안 먹는
사람, 9단은 '폐주'(廢酒), '열반주'(涅槃酒)로서 술로 말미암아 다른
세상으로 떠나게 된 사람이다. 술을 먹다 죽은 것을 주도의 최고 경지
에 올려놓은 데는 고개를 갸우뚱하게 되지만, 어떤 일이든 목숨을 바
쳤다면 응당 그만한 대우는 해줘야 한다는 뜻 정도로 받아들인다. 나
는 어느 자리에 있을까. 아마 술의 취미를 맛보는 애주(愛酒) 단계쯤
일 듯싶다. 애주의 급수는 1단. 이제 막 주도의 초단을 딴 사람이다.

　　두어 시간쯤 방에서 혼자 술을 마시다가 친구에게 문자메시지
를 보냈다. "생각해보니까 재미있는 일이 있기는 있네. 나는 혼자 술
먹는 게 재밌어." 친구는 답이 없었다. 그러고 보니 내 말이 그에게는
"조만간 만나서 술이나 한잔하자"라는 약속 아닌 약속에 대한 거절로
들렸을지도 모르겠다. 이것도 술에 취해서 한 실언이라면 실언이랄
까. 너랑 노는 게 싫은 게 아니라, 혼자 노는 것도 재미있다고. 이 애

매한 말을 어떻게 오해 없이 전할 수 있을까. 혼술이라는 말을 만든 사람이라면 그 답을 알고 있을지도 모르겠다.

내 방
말놀이
. .

누군가를 내 방에 초대하는 것은, 마음의 내방(內方)에 그 사람을 들이는 일이다. 내 집의 은밀한 내방(內房)에 내방(來訪)했던 사람들은 모두 서둘러 떠났다. 이제는 밤과 낮만이 내 방의 내방객이다. 네 방이 되지 못한 방 안에서 나는 내내 방문을 열어놓은 채 멀거니 방 밖을 내다본다. 동서남북 네 방향 어디에도 네 방으로 향하는 길은 보이지 않는다. 방을 벗어나 동네방네를 헤맨들 당신을 다시 만나지 못할 것이다. 당신은 어딘가로 갔다, 내 방만 아니라면 어디라도 좋다는 듯이.

얼굴
마음의

우리 동네에는 오랜 지인이 여럿 살고 있다. 이사를 와서 보니 대학 선배 몇이 이미 터를 잡고 있었고, 이후로 다른 선후배 두어 명이 더 근처에 자리를 잡았다. 오랜만에 안부를 주고받다가 "어, 여기 살고 있었어요?"라며 서로 놀라기를 여러 번이었다. 그러자고 약속한 적도 없는데 지인들이 지근거리에 모여 사는 일이 참 공교롭다. 모두 저마다의 이유로 이곳을 찾았지만, 가끔 눈에 보이지 않는 거대한 힘이 우리를 모아들이지는 않았는지 묘한 기분이 든다.

그들의 집은 우리집에서 가깝게는 걸어서 일이 분, 멀게는 차로 십 분 거리에 있다. 나는 못내 적적할 때면 내 방을 떠나 그들의 방문을 두드린다. 무시로 드나들다 보니 이제는 타인의 방인데도 내 방처럼 편하다. 이웃사람이 되어서는 선후배 사이라는 의식도 희미해져서 우리는 나이나 학번 따위를 잊고 친구같이 지낸다. 마치 생활공동체처럼 한 방에 모여 수다를 떨기도 하고, 오며 가며 생필품을 나눠 쓰기도 한다. 요즘 같은 시대에도 "먼 사촌보다 가까운 이웃이 낫다"라는 속담은 여전히 유효하다.

나는 특히 김과 송의 방을 자주 찾아간다. 말 그대로 엎드리면 코 닿을 거리에 있기 때문이다. 우리 세 사람의 방은 크기도 구조도 거의 비슷한데, 공간이 주는 느낌은 사뭇 다르다. 김의 방 벽면에는 옷이 줄지어 걸려 있다. 또 남은 자리 이곳저곳에 다양한 살림살이가 놓여 있는데, 나로서는 그 필요성을 떠올려본 적도 없는 것이 많다.

김의 집에 들어서면 대개 채 뜯지 않은 택배 상자가 가장 먼저 나를 맞는다. 김은 무엇이든 마음에 드는 것이 있으면 사지 않고는 견디지 못한다. 그래서 그는 열심히 일하고, 많이 벌어 많이 쓴다. 김의 방에는 낡은 것이 거의 없다. 낡거나 하자가 생긴 물건은 쉽게 새것으로 교체된다. 김은 물건들을 끊임없이 버리고 또 새로 산다. 김의 방은 신상품 진열대나 전람회장, 물류창고 같다.

김이 맥시멀리스트라면 송은 미니멀리스트다. 그의 방은 좀 휑하다는 느낌이 들 정도로 세간이 얼마 없다. 그는 적당히 일하고, 형편에 맞게 적당히 살자는 주의다. 계절에 맞는 의복 몇 벌과 그날 먹을 양식만 냉장고에 있으면 충분하다고 한다. 옆에서 보고 있자니 그는 칼이 없어서 가위로 음식을 자르고, 상을 펴고 접고 보관하는 것도 번거로워 방바닥에서 밥을 먹었다. 변변한 그릇도 없어서 먹고 난 즉석밥 용기를 씻어 각종 그릇을 대신했다. "이 없으면 잇몸으로 산다"라는 속담이 괜히 있는 것이 아니었다.

그렇다고 송이 가난한 것은 아니다. 짠돌이도 아니다. 단지 물욕이 아주 적을 뿐이다. 그는 어떤 물건에 대한 필요를 잘 느끼지 못한다. 또 그는 방에 한번 들인 물건은 좀체 버리지 않는다. 송은 이런 생활에 불만이 없다. 오히려 답답한 것은 송의 방에 놀러간 내 쪽이다. 나는 그 방에 도마니 접시니 밥상 따위의 살림을 가져다 놓았다. 너무 낡은 것들은 좀 버리라고 자주 그를 핀잔했다.

내가 그러거나 말거나 그는 여전히 물건을 잘 버리지 않고, 내가 가져다 놓은 물건은 있으니 쓴다는 식이다. 없어도 괜찮지만, 있는

것을 굳이 안 쓸 이유는 없단다. 절간인지 가정집인지 헷갈리는 그곳
에 다음에는 좀 널따란 냄비를 마련해 가려고 한다. 안주를 조리하기
에 마땅한 냄비가 없는데, 역시 그게 불편한 것은 나뿐이다.

　온갖 물건들이 수시로 드나드는 김의 방은 동적이고, 활기가
있다. 반면 원래 있던 것들만이 늘 그 자리를 지키는 송의 방은 정적
이고, 고즈넉하다. 가만 보면 방은 거기에 사는 사람을 닮았다. 방을
보면 그 사람을 알 수 있다. 방은 그곳에 머무는 이가 어떻게 삶을 대
하는지 한눈에 드러낸다. 방은 가치관이 가시화되고, 마음이 물질화
하는 공간. 내가 사는 방을 사람만큼 축소하면 곧 내가 될 것이다. 방
은 내 마음의 얼굴이다.

　그래서일까 생각이 복잡하고 마음이 어수선하면 방이 제일 먼
저 어지러워진다. 나는 기분을 환기하고 싶으면 곧잘 방을 청소한다.
스님들도 수행의 한 방편으로서 청소를 중요하게 여긴다고 한다. 방
치우기는 생각과 마음을 정리하는 일과 같다.

　내 방은 김과 송의 방 중간쯤이다. 버려야 하는데 괜한 미련
에 버리지 못한 것도 눈에 띄고, 필요한데도 사러 가기를 차일피일 미
룬 것도 있다. 오랜만에 창문을 전부 열어젖히고, 대청소를 해야겠
다. 일기예보를 보니 내일은 비가 온단다. 오늘은 방 안의 공기를 바
꾸고, 내일은 모자라지도 넘치지도 않는 마음으로 비 내리는 창밖을
구경해야지.

타　방
인의

김의 집은 일층이다. 현관문 앞에는 늘 밥그릇과 물그릇이 하나씩 놓여 있다. 길고양이를 위한 것이다. 처음에는 몰래 와서 끼니를 때우고 가던 동네 길고양이들이 요즘은 그 앞을 제 집 안마당처럼 드나든다. 개중에는 내가 김의 집에 놀러갈 적마다 번번이 마주쳐서 제법 낯이 익은 친구들도 있다. '까망이들'이 그렇다.

언제부턴가 코 주위만 하얗고 다른 데는 새까만 고양이 한 마리가 김의 집을 자주 찾았다. 우리는 생김새대로 그에게 '까망이'라는 이름을 지어주었다. 한동안 갑자기 자취를 감춰 걱정을 끼쳤던 녀석이 최근 사라졌을 때와 마찬가지로 홀연히 나타났다. 암컷 한 마리와 새끼 두 마리를 대동한 채였다. 네 식구가 하나같이 까매서 우리는 자연스레 그네들을 까망이들이라고 불렀다.

김의 말에 따르면 까망이들은 절대 문턱을 넘어오는 법이 없다. 김은 환기를 하려고 곧잘 현관문을 열어놓는데, 까망이들은 호기심 어린 눈으로 집 안을 들여다보기만 할 뿐이란다. 어느 날은 열어놓은 현관문 앞에 까망이들이 앞발을 모으고 앉아 집 안을 빤히 쳐다보기에 나가 보니 밥그릇이 비어 있었다고 한다.

김은 현관문 바로 안쪽 신발 벗는 곳에 사료를 보관한다. 몇 걸음만 걸어 들어가면 사료가 잔뜩 있는데도 까망이들은 묵묵히 그를 기다린 것이다. 다 자란 고양이들이야 그렇다고 쳐도 새끼들이라면 한번쯤 멋모르고 안으로 들어올 만도 한데 신기한 노릇이다. 남의 집에 함부로 들어가는 건 실례라고, 까망이가 자식 교육을 시켰을까.

문턱은 까망이들과 김의 경계다. 까망이들은 문턱 너머는 자신들의 영역이 아니라는 것을, 저곳은 온전히 김의 세계임을 알고 있다. 종종 제멋대로 집에 들어와 눌러 살며 집사를 간택하는 넉살 좋은 녀석들도 있다지만, 그것은 사람 간의 도리로서는 못할 짓이다.

방은 초대받지 않고는 발을 들일 수 없는 공간. 타인의 방을 본다는 것은 인테리어 따위를 구경하는 일이 아니다. 그곳에 사는 이의 머릿속과 마음속에 들어가는 일이다. 방에는 그이의 손길이 미치지 않은 데가 없다. 방 안의 풍경에는 모두 그이의 가치관과 취향이 낱낱이 반영되어 있다.

누군가를 집에 초대하는 것은 그에게 내 비밀을 펼쳐 보이는 일. 타인의 방에 첫발을 내딛는 일이 설레는 것은 그래서다. 누구에게나 방은 비밀의 궁전이다. 고양이도 그것을 안다.

방문
말놀이
．．

모든 글은 하나의 방이다. 이 방에는 사방으로 네 개의 방문(房門)이 있다. 어디로 들어와서 어디로 나가든 상관없지만, 어느 방문을 지나는지에 따라 방 안의 풍경은 달리 보인다. 각 방문에는 이름이 있는데, 아래와 같다. 방을 여행할 때 참고하시길 바란다.

방문(房文) : 방에 관한 글, 방에서 쓴 글이라는 뜻. 사전에는 없는 말이다. 이 방에 사는 사람은 심심할 때면 세상에 없는 말을 만들며 시간을 죽이고는 한다. 비생산적인 일이지만, 방은 생산적인 활동보다는 쓸데없는 짓에 어울리는 공간이다.

우리는 방에 있을 때 스스로를 마음껏 풀어놓는다. 방을 벗어날 적에는 한껏 쓸모 있는 인간처럼 보이려 애쓴다. 이 방문을 열고 안을 구경할 때는 자기 방에서처럼 편한 옷차림으로 실컷 방심해도 좋다. 대충 훑어보거나 눈길 닿는 부분만 띄엄띄엄 살펴도 나무랄 이 없다.

방문(榜文) : 옛날에 어떤 일을 널리 알리려고 길거리나 사람이 많이 모이는 곳에 써 붙이는 글. 지금의 대자보나 현상수

배 전단쯤이다. 사극에는 방(榜)을 붙이는 모습이 자주 나온다. 보통 다음과 같은 장면이 이어진다.
① 방문을 보려는 군중이 웅성웅성함.(이 방문 앞으로도 많은 사람들이 모였으면.) ② 누군가 글을 모르는 이들을 위해 방문을 대신 읽어줌. (이 방을 먼저 다녀간 사람도 다른 이들에게 이 방을 소개하고 알려줬으면.) ③ 제 용모파기가 적힌 방을 본 죄인이 얼굴을 가리며 슬며시 자리를 뜸. (이 방을 다녀간 이들도 그랬으면.) 제 속내를 들킨 듯이. 아무에게도 하지 않은 이야기를 어떻게 알았느냐는 표정으로.

방문(訪問) : 어떤 사람이나 장소를 찾아가서 만나거나 봄. 이 방문으로 올 때는 정현종 시인의 시 「방문객」을 가이드북으로 삼을 것.
내가 활짝 열어놓은 방문으로 당신이 들어올 때 우리는 서로를 방문한다. 나는 당신의, 당신은 나의 방문객이 된다.
이야기를 들려주고 또 이야기를 듣는 것은 서로의 마음을 노크하는 일. 방은 저마다의 이야기를 품고 있다. 사람이 찾지 않는 방은 있어도, 사람을 밀어내는 방은 없다.

방문(方文) : 약을 짓기 위하여 약의 이름과 그 분량을 적은 종이. 약방문(藥方文)이라고도 한다. 이 방에 있던 사람은 당신을 초대하려고, 방을 꾸미고 청소하는 데 정성을 기울였다. 그러는 동안 그는 치유받았다. 당신을 위한 방이 그를 보듬어 안고, 아픔이 덧나지 않게 해주었다.

이 방문을 여는 당신도 그랬으면 좋겠다. 이 방문에는 문지방이 없으니 당신은 미끄러지듯 방 안으로 오라.

어느 방문으로 와서 어느 방문으로 떠나든, 이 방의 모든 방문은 당신 쪽으로 열어젖혀져 있다.

나는 벌써 당신이 벗어놓은 신발을 곱게 정리하고.

가는
삼 는
천 방
포
로

"맨날 방에서 빈둥거리지만 말고, 어디 멀리 좀 갔다 와. 가서 글이라도 좀 쓰고 와."

내 방에서 술잔을 나누던 송이 말했다. 그의 말대로 나는 여러 달 동안 변변한 일을 하지 않고 있었다. 재택근무 교정 교열 아르바이트로 입에 풀칠하며, 남는 시간은 본능에만 충실했다. 방에 틀어박혀 먹고, 마시고, 졸리면 아무 때고 드러누웠다. 글쓰기와 독서는 마지막이 언제인지 기억도 가물가물했다. 사람살이 뭐 별것 있나, 근심 걱정 없이 등 따듯하고 배부르면 그만이지. 나는 이런 생각에 젖어 있었고, 번잡한 세상사에서 벗어나 있는 스스로를 제법 근사하다고 여겼다. 초야에 은둔한 선비의 운치라고나 할까. 나는 나대로 만족스러운 생활이었는데, 송의 눈에는 그게 한심해 보였던 모양이었다.

"여행은 상상력이 부족한 사람이나 가는 거죠. 저는 방에 있어도 앉아서는 장천리(長千里), 서서는 구만리(九萬里)를 보는 사람이 되렵니다."

나는 송의 빈 잔을 채워주며 대답했다. 술에 취해 지껄인 객쩍은 소리였으나, 진심 어린 핑계이기도 했다. 실제로 나는 자연경관에 별다른 감흥을 느끼지 못했다. 내게 바다는 그저 물이 많이 모여 있는 곳에 불과했다. 물이라면 집에서 수도꼭지만 돌려도 나오는데, 사람들은 왜 물을 보려고 불원천리하는 걸까. 산도 마찬가지였다. 산은 흙과 돌이 높이 쌓인 것뿐이고, 흙과 돌이라면 집 앞 놀이터에도 널려 있었다. 나무라면 지천에 널린 것이 가로수였다. 나는 들판과 근린공원 잔디밭의 다른 점도 알 수 없었다. 그것은 다만 면적의 차이 아닌가. 더구나 방 밖에는 사람이 많았다. 사람이 사람을 만나지 않으면, 다툼도 배신도 전쟁도 일어나지 않는다. 방은 극락정토요 방 밖은 사바세계. 나는 방을 벗어나야 하는 까닭을 모르겠노라고 했다. 내 장광설에 송은 혀를 차며 머리를 가로저었다. 나도 그런 송을 보며 질세라 고개를 절레절레 흔들었다.

그냥 술이나 한잔 더 드십시다.

'그래, 한번 떠나보자.'

다음 날 눈을 떴을 때 이런 생각이 날랜 제비처럼 머리를 스쳤다. 왜? 나는 스스로에게 따져 물었다. 마음 한구석에 어떤 불안감이 도사리고 있었다. 언제까지고 이렇게 살 수만은 없다는. 다른 것들은 다 제쳐두더라도, 글조차 쓰지 않는 삶에 무슨 의미가 있을까. 그것은 작게는 미처 버리지 못한 공명심이기도 했고, 크게는 나라는 인간의 존재 의의에 관한 문제였다.

한편으로는 등딱지 안에 숨은 거북이 같은 생활이 비겁하다는 생각도 들었다. 이런저런 핑계를 대고는 있지만, 나는 그저 오랫동안 이어진 나태와 무기력증에 중독된 것은 아닌가. 나는 상처받기가 두려워 꽁꽁 숨은 겁쟁이가 아닌가. 방 밖에서 만나게 될 무엇인가가 나를 송두리째 뒤흔들 수도 있다는 공포. 이제껏 내가 쌓아올린 세계가 실은 사상누각일 뿐이었다는 것을 깨닫게 될지 모른다는 무서움.

어쨌거나 내게는 환기가 필요했다. 글을 쓰기 위한 새로운 동력과 자극이 절실했다. 또한 이미 자라나버린 온갖 의구심을 해결하지 않고는 못내 찜찜할 것이었다. 나는 이리저리 따지다가 결국 아무 일도 벌이지 못하는 스스로의 병폐를 잘 알고 있었다. 그래, 밑져야 본전이지 뭐. 나는 생각하기를 멈추고, 재빨리 가방에 노트북과 몇 벌의 옷가지만을 챙겼다. 빚쟁이를 피해 달아나는 사람처럼 서둘러 방을 나섰다. 어느새 여름이 다 지나갔는지 바람이 선선하고, 하늘이 맑았다.

내친걸음이니 한 번도 가보지 않은 곳, 최대한 먼 곳, 바다를 볼 수 있는 곳이 좋을 성싶었다. 나는 스마트폰으로 전국 지도를 켜고 남해안을 훑었다. '삼천포'에 눈길이 확 꽂혔다. 그래, 삼천포로 빠지자. 국어사전의 뜻풀이를 보니 "삼천포로 빠지다"는 "어떤 일이나 이야기 따위가 도중에 엉뚱한 방향으로 진행됨을 비유적으로 이르는 속담"이었다. 삼천포 사람들은 이 말을 몹시 싫어한다는데, 그분들께는 죄송한 말씀이지만 그때 내 상황을 이보다 더 잘 표현하는 말은 없는 듯싶다. 평소 같으면 이불 속을 뒹굴고 있을 시간에 느닷없이 짐을 꾸려 방을 나온 나는 말 그대로 삼천포로 빠지는 중이었다. 나는 망설임 없이 삼천포를 여행, 아니 멀고먼 외출의 목적지로 정했다.

삼천포항에서 바라본 바다는 예뻤다. 오후 4시의 가을볕과 시원한 바닷바람이 만든 윤슬이 눈부셨다. 그리고 그뿐이었다. 이삼 분쯤 바다를 지켜보던 나는 곧 지겨워졌다. 국어사전에 나온 대로 바다는 "지구 위에서 육지를 제외한 부분으로 짠물이 괴어 하나로 이어진 넓고 큰 부분"일 따름이었다. 눈앞의 바다는 영화 속의 그것보다도 내 상상 속의 그것보다도 아름답지 않았다.

주변에는 바다를 배경으로 사진을 찍는 사람들이 몇몇 있었는데, 나는 카메라 렌즈를 향하는 그들의 미소를 이해할 수 없었다. 왠지 나는 서글퍼졌다. 근처의 재래시장에라도 들러 각종 해산물도 보고, 가게 주인들과 사람 냄새 풀풀 나는 대화도 나누어야 할 텐데, 영 마음이 내키지 않았다. 그곳에 간들 그럴듯한 성찰 따위를 얻을 성싶지 않았다. 나는 곧장 먼저 잡아둔 숙소로 발길을 돌렸다. 얼른 방에 들어가고 싶었다.

나는 모텔방에서 노트북의 빈 화면을 오랫동안 바라보았다. 아무것도 떠오르지 않았다. 주위를 둘러보니 어디서 왔고 누구의 손길이 닿았는지 모를 가구들이 나를 둘러싸고 있었다. 기원도 역사도 알 길 없는 낯선 방에 나는 덩그러니 놓여 있었다. 푹신한 침대에 두터운 이불을 덮고 누웠으나 잠도 오지 않았다. 내 방이 그리웠다. 나는 풀었던 짐을 주섬주섬 다시 싸고, 쫓기듯 모텔을 빠져나왔다.

삼천포를 벗어난 차가 낯선 타지들을 거슬러 내 방에 가까워질수록 조금씩 숨통이 트였다. 사람들은 여행에서 무엇을 느끼고 발견하는 걸까. 그것은 내가 모를 일이지만, 적어도 내가 느끼고 발견해야 할 모든 것이 내 방에 있다는 데 확신이 들었다. 마침내 현관문을 열고 내 방에 도착했을 때 나는 자유로웠다. 사람들이 여행지에서 맛본다는 즐거움이 이런 것일까.

나는 고양이들에게 인사를 하고, 편한 옷차림으로 갈아입고, 방을 한껏 어둡게 했다. 한 치 앞도 보이지 않았지만, 여기라면 감은 눈으로도 어디로든 갈 수 있었다. 나는 거침없이 침대를 찾아가 누웠다. 내게 꼭 맞는 튜브에 몸을 실은 채 한 점 파도도 없는 밤바다 위를 유유히 떠다니는 기분이었다. 조난당할 일이 없는 바다였다.

문득 머릿속에 몇몇 단어가 떠올랐다. 단어들은 별들이 모여 별자리를 그리듯 저희들끼리 문장을 이뤘다. 단어들은 내 머릿속에서 우주유영을 하며, 낯선 문장들을 계속 만들었다. 방과 밤의 문장들은 나를 싣고 우주로 날아갔다.

낯선 것은 다만 낯설 뿐, 거기에는 신비가 없다. 익숙한 것이 낯설 때 비로소 신비롭다. 방에는 이미 삼천포로 빠지는 길이 많았다.

유감
단골집

'엄마손 반찬 가게'가 문을 닫았다. 민들레무침, 취나물무침, 고춧잎 무침 같은 나물 반찬이며, 고등어구이, 가자미구이, 각종 전 등 부침 요리며, 열무김치, 파김치, 동치미 등 김치들이며, 청국장찌개, 무국, 동태탕 따위의 국물 요리를 팔던, 어느 노랫말처럼 있어야 할 건 다 있고 없을 건 없던, 맛도 엔간하고 가격도 적당하던, 오다가다 일주 일에 한두 번쯤은 들르던, 한 번도 빼놓지 않고 청국장을 사 가서 주 인 할머니가 나를 '청국장 총각'이라고 부르던, 포스기에 서투른 주인 할머니가 실수할 때면 내가 대신 계산을 맞춰주던, 동네 할머니 한두 분이 마실 나와 있어서 옛날 복덕방 같던, 내 단골집 '엄마손 반찬 가 게'가 사라졌다.

　　　　문을 닫기 하루 전날 주인 할머니는 경기도 오산으로 가게를 옮긴다며 찾아오라고 했지만, 정말 내가 반찬 하나를 사자고 오산까 지 가리라 생각하셨다면 그것은 정녕 오산. 이런 아재 개그도 물색없 이 긴 문장도 이 년 남짓 내 밥상을 책임져준 엄마손 반찬이 없어지는 데 대한 나만의 애도 방식이다. 엄마손 반찬 가게는 우리집에서 걸어 서 일 분이면 갈 수 있는 거리에 있었다. 대로변에 있는 까닭에 집을 나서면 으레 그 앞을 지나치게 된다. 그곳은 아직 새로 가게가 들어오 지 않아 텅 비어 있다. 노란 바탕에 빨간색으로 큼지막하게 글씨를 쓴

간판만은 그대로다. 엊그제는 그 아래를 지나는데 악동뮤지션의 노래 한 소절이 별안간 머릿속에 반복 재생됐다. "오늘도 내 점심은 라면인 건가 라면인 건가 라면인 건가."

엄마손 반찬 가게는 일주일 전쯤 영업을 영영 마쳤다. 그사이 나는 라면이나 삶은 감자 따위로 끼니를 때웠다. 간혹 밥상을 차려봐야 조미김 하나만을 반찬으로 내놓거나 열무김치를 넣고 슥슥 비빈 맨밥이 고작이었다. 다이어트를 하는 것도 아니고, 살림이 궁핍한 것도 아니고, 식욕이 없거나 입맛이 유난해서도 아니다. 첫째는 엄마손 반찬 가게를 대체할 만할 곳을 아직 찾지 못해서고, 둘째는 반찬을 사다 먹는 데 익숙해져서인지 요리를 하는 것이 몹시 귀찮아졌기 때문이다. 마트에 갔다 오고, 재료를 씻고 다듬고 조리하고, 남은 음식을 보관하고 치우고, 설거지하고 싱크대를 정리하고……. 십 분의 식사를 위해 삼십 분 넘게 시간을 쏟는 일이 비효율적으로만 느껴진다.

불과 이삼 년 전만 해도 이 정도는 아니었는데. 지금은 혼자 먹는 밥상을 공들여 차리는 일이 괜히 무색하기만 하다. 장을 본 지도 오래되어서, 나 하나의 입을 위한 냉장고에는 물, 계란, 김치, 고추장, 된장, 커피가 전부다. '엄마손 반찬 가게'에 이어 '내 손 반찬 가게'도 폐업 위기다.

예나 지금이나 나는 가던 데만 간다. 특히 음식점이 그렇다. 맛집이 아니라도 엔간한 맛에 가격이 적당하면 단골로 삼는다. 나와 가게 둘 중 하나가 터전을 옮기거나 그곳에서 특별히 불쾌한 일을 겪지 않는 이상 웬만해서는 발길을 끊는 일이 없다. 나는 이사를 가면 먼저 집 근처 음식점들을 한 번씩 가본다. 단골로 삼을 집을 점찍는 것이다. 지금 살고 있는 동네에도 그렇게 고른 가게가 서너 군데 있다. 몇 년째 외식이라면 그곳들을 번갈아 들르는 것으로 하고 있다. 다른 일에는 변덕도 잦은데 입맛만큼은 잘 질리지 않는다. 내가 이 동네에서 죽을 때까지 살고, 엄마손 반찬 가게도 그만큼 이어졌다면, 나는 틀림없이 평생을 엄마손 반찬 가게의 음식으로 연명했을 테다.

이곳에 오기 전 서울 망원동에 살 적에는 한 술집에 자주 갔다. 찌개 안주에 공깃밥도 팔아서 내게는 술집 겸 밥집이었다. 주인도 애초에 그럴 심산이었는지 간판 한쪽에 자그마한 글씨로 '밥과 술'이라고 적혀 있었다. 손님들 대부분 밥보다는 술을 찾았지만 걸쭉한 고추장감자찌개나 시원한 알탕같이 국물이 있는 것들은 밥상에나 술상에나 잘 어울렸다. 음식 맛도 아주 좋았다.

낮부터 혹은 새벽까지 이곳에 있다 보면 이미 알거나 알 만한 얼굴들도 종종 만났다. 거개가 예술가나 출판인, 연예인 들이었다. 유명인이 있다고 해서 호들갑을 떠는 손님은 없었다. 주인 역시도 그랬다. 다들 교양인이었다고나 할까. 그렇다고 주인이 손님에게 무심했다는 뜻은 아니다. 조용히 있고 싶은 손님은 그럴 수 있도록 배려하고, 친한 손님과는 친구처럼 격의 없이 어울렸다. 나는 후자 쪽이었다. 영업을 마치고 따로 술을 마신 적도 여러 번이다. 제법 친해진 뒤로는 주인에게 크게 도움을 받기도 했다.

그 무렵 나는 전업 작가를 꿈꾸며 다니던 회사를 그만둘 궁리를 하고 있었다. 월세, 식비, 공과금처럼 숨만 쉬는 데도 드는 돈이 있으니 무슨 일이든 아주 안 하는 것은 불가능했지만, 최소한만 일하고 최소 생계비만 벌면서 나머지 시간을 오롯이 글쓰기에 쓰고 싶었다. (그때는 시간이 많으면 그만큼 글을 쓰는 것이 아니라 그만큼 더 빈둥거린

다는 것을 몰랐다.) 여느 날처럼 그곳에서 술잔을 기울이던 나는 별 생
각 없이 주인장에게 그런 고민을 털어놓았다. 그러자 주인장은 대뜸
내게 일자리 하나를 제안했다. 근처에 고깃집 하나를 더 열 계획인데
거기서 아르바이트를 하지 않겠냐는 것이었다. 내 사정을 헤아려 비
교적 손님이 적은 오전에만 잠깐 나와서 일을 하라고 했다.

　나는 옳다구나 싶어 곧 회사를 그만두어버렸다. 일 년여 동안
낮에는 고깃집 아르바이트생으로, 남은 시간은 전업 작가를 흉내 내며
살았다. 전도유망한 젊은 시인이 고깃집에서 일하는 사연을 취재하겠
다는 한 종편 방송의 요청에 아무 생각 없이 응했던 것만 빼면 대체
로 만족스러웠던 시기다. (내가 원해서 하는 일이라는 것을 그렇게 강조
했는데도, 나는 내 얼굴이 몇 초간 스쳐간 방송에서 예술인 복지의 시급성을
말해주는 가난하고 불쌍한 예술가의 표상이 되어버렸다.)

　그 술집의 벽면에는 인테리어로서 이런저런 문구들이 붙어 있
었다. 누구의 글귀인지는 모르겠지만, 그중에 "내 중심 잡고 살면 그
게 종교다"라는 말이 기억난다. 그러고 보면 단골집이야말로 그 사람
의 중심이 아닌가. 단골집은 그이의 취향이 집대성된 곳이고, 빈번히
찾는 생활의 중심이기도 하다. 또 독실한 데가 없는 나는 어느 종교
시설보다도 단골집에 머무르는 시간이 길다. 단골집은 바깥에 있는
'내 방'이다. 내가 떠나왔든 제가 없어졌든 단골이 사라지는 것은 그
래서 아쉽고 슬프다. 마음속에서 기둥 하나가 뽑혀나가는 기분이다.

　그래도 다행이라면 마음속의 단골집은 파리는 날릴지언정 문
을 닫지는 않는다는 점이다. 누구나 마음속에는 저마다의 단골집이
있다. 그 단골집들에 있는 것은 추억과 지워지지 않는 감정이다. 때때

로 문을 열고 들어가보는 내 마음속의 방들, 그 단골집들에 들어서면 그리운 얼굴들이 나를 반갑게 맞아준다. 어서 오라고. 잘 있었냐고. 그동안 왜 이렇게 뜸했냐고. 이 단골집들이 내 중심이고, 종교일까.

　　다음 주에는 일찍 유명을 달리한 친구의 기일이 돌아온다. 고독할 때면 나도 모르게 저절로 발길이 닿던 그 집을, 내 마음 한편 목 좋은 곳에 자리를 낸 그이의 집을 한동안 잊고 있었다. 단골집에 한번 얼굴을 비칠 때가 되었다. 단골집이 좋은 것은 오랜만에 찾아도 내 얼굴을 잊지 않고 기억해준다는 점이다. 문득 오산의 엄마손 반찬 가게를 찾아도, 불쑥 망원동 술집의 문을 열어도, 그럴 것이다. 내 마음속 단골집들이라면 두말할 나위가 없다. 더욱이 마음속 단골집들은 요즘 같은 세상에 외상마저 받아준다.

부
루
마
불

방에만 있다고 늘 혼자는 아니다. 어두침침한 이 방에도 환한 사람이 머무른 적 있다. 가짜 돈으로 게임판에 그려진 도시를 사고 그 위에 고층 빌딩도 올리는 부루마불처럼, 우리는 여기서 우리가 끝내 함께 할 수 없었던 미래를 상상 속에 지었다. 이제는 추억이 된 그 상상 속에는 기르지 못한 개 한 마리와 가보지 못한 섬나라의 백사장과 끄지 못한 케이크 촛불 그리고 건네지 못한 귓속말 따위가 있다.

　　축축한 영혼이 머물기에 추억보다 좋은 곳은 없다. 추억을 보존하기에 방보다 안전한 데는 없다. 이 방에는 나와 당신이 우리였던 시절의 추억이 곳곳에 묻어 있다. 방은 그 시절 우리를 기억한다. 방은 '나와 당신'이 아니라 '우리'가 있었음을 증언한다. 나는 눈을 감고, 방이 들려주는 우리의 옛이야기를 듣는다. 작은 개 한 마리가 산책을 조르며 짖는 소리와 백사장에 찍힌 발자국을 쓸어가는 파도와 케이크 촛불에 어렴풋이 비치는 얼굴 그리고 영원히 혀끝을 맴돌 고백.

　　신은 주사위 놀이를 하지 않는다고 하는데. 그때 신이 던진 주사위는 우리를 어디에 데려다 놓은 것일까. 내 방은 신의 부루마불 어디에 있는 낯선 도시일까. 아무 일도 일어나지 않아서 오히려 멍들지 않은 미래가 있다고, 나는 방에게 속삭인다.

경계에서
방과 방밖의
이십대

태어나서 꼭 하나만을 배워야 한다면, 그것은 단념하는 법이라고 믿었다. 포기하면 편하다. 그러나 그 포기는 패배주의에서 비롯하는 것이 아니다. 꼭 필요한 데만 힘을 쏟기 위해 다른 것들을 버리는 능동적인 체념, 적극적인 단념이다. 나는 정신을 한곳에 집중하려고, 욕망과 세상에 휘둘리지 않으려고, 일희일비하지 않으려고, 웬만한 일은 쉽게 포기했다. "이것 또한 지나가리라." 이 말을 좌우명 삼았다. '이것'은 내가 죽은 뒤에도 남아 있을 무엇을 제외한 모든 것. '이것'은 모두 시간 앞에 부서지고 흩어지는 부질없는 것들. 그때 나는 '이것'이 아닌 영원을 믿었다. 영원한 것만을 사랑하고, 내가 사랑하는 것은 영원하리라 믿었다. 그렇게 믿으며 살았던 이십대도 또한 지나가버렸지만.

그 시절 다른 것은 견딜 만했으나 단 한 가지만은 도무지 어쩔 수가 없었다. 포기하려 할수록 더 갖고 싶어지는 이상한 역학. 단념의 칼을 아무리 담금질해도 끊을 수 없는 집착의 사슬. 마치 치외법권인 양 '그것'은 내 마음속에 있으면서도 내 마음대로 되지 않았다. 제 무게를 이기지 못하고 부러지려는 나뭇가지에 받쳐둔 지지대인 양 '그것'마저 버리면 나는 툭 부러질 성싶었다. '그것'을 '당신'이라고 부르기로 하자. (당신에게도 당신만의 그것, 당신의 당신이 있을 것이다.)

좀 낯간지럽지만, 그 무렵의 메모에 나는 이렇게 적었다. "당신은 내 영혼의 집이다. 나의 국적은 너다." 그리고 어쩌면 당연하게도 나는 당신과 헤어졌다.

그래도 나는 그런대로 잘 지냈다. 생각보다 잘 살아졌다. 격렬한 슬픔은 차차 미지근한 슬픔으로 무뎌졌다. 머릿속에 당신에 대한 상념이 늘 부표처럼 떠 있고, 문득 가슴이 옥죄일 때도 있었지만 그것도 익숙해지니 참을 만했다. 나는 방에 틀어박혀 영화든 게임이든 책이든 음악이든 몰두할 것을 찾아 시간을 보냈다. 혈거(穴居)하는 것처럼, 사막 한가운데 천막을 짓고 사는 것처럼. 그것은 슬픔으로부터 나를 지키려는 나름의 자구책이었다. 나는 지인에게서 연락이 와도 이런저런 핑계를 대며 만나지 않았다. 한동안 한정 없이 마신 탓인지 언제부턴가는 술 생각도 간절하지 않았다.

대학에 들어가기 전까지 거의 서울에 나가본 적이 없었다. 나는 경기도 성남에서 초·중·고등학교를 다 나왔다. 고등학교 1학년 혹은 2학년 때인가 처음 명동에 갔을 때였다. 무슨 건물 앞에서 친구를 만나기로 했는데, 지하철에서 내려 그곳까지 가는 길에 나는 그만 주저앉고 말았다. 불현듯 명동 거리를 가득 메운 인파가 죄다 나를 거슬러가는 것처럼 여겨졌다. 모든 사람이 내 쪽으로 걸어오고, 나만 혼자 반대 방향으로 가고 있는 것 같았다. 실제로 그랬을 리는 없고, 강산에의 유명한 노랫말마따나 "흐르는 강물을 거꾸로 거슬러 오르는 연어"가 되었던들 그것이 다리가 풀릴 만한 일도 아닌데. 사춘기의 유난한 감성이었을까.

별안간 알 수 없는 불안과 공포가 나를 덮쳤다. 나는 비틀거리며 일어나 옆에 보이는 건물로 들어갔고, 눈앞의 화장실에 몸을 숨겼다. 그러고 무슨 서러운 일이라도 겪었다는 듯이 엉엉 울었다. 우연히 또 다행히 그 건물은 친구와 만나기로 한 곳이었다. 다행히 또 우연히 나를 기다리던 친구는 잠시 화장실에 들렀다가 눈물을 쏟고 있는 나를 발견했다. 왜 그러느냐고 물었는데, 나도 이유를 몰랐다. 돌이켜보면 공황발작이 아니었을까 싶은데, 그 전에도 그 이후로도 그런 일은 다시 생긴 적이 없으니 알 수 없는 노릇이다.

당신과의 이별 이야기를 하다가 불쑥 엉뚱한 얘기를 꺼낸 것은 그때의 느닷없는 감정이 이제부터 말하려는 감정과 그나마 비슷하기 때문이다. 다시 원래 이야기로 돌아와, 방에 처박혀 있던 나는 난데없이 발작처럼 솟아난 어떤 충동에 휩쓸렸다. 나는 그 충동에 나를 내어 맡긴 채 창밖으로 몸을 빼고 건물 바깥에서 창틀에 매달렸다. 결심보다도 먼저 몸이 움직여 벌어진 일이었다. 고개를 숙여 아래를 보니 막장처럼 어두워서 높이를 가늠할 수 없었다. 평소 밑에서 바라보던 것과는 사뭇 달랐다. 오롯이 두 팔에 실린 체중이 갑자기 무겁게 느껴졌다. 뒷골이 서늘해지며 식은땀이 흘렀다.

계획하고 벌인 일은 아니었지만, 내심 여차하면 팔 힘으로 다시 올라갈 수 있으리라 믿었었다. 그런데 금세 팔에 힘이 빠졌고, 발을 디뎌 몸을 지지할 데도 없었다. 그제야 죽음의 공포가 피부로 다가왔다. 이렇게 끝이구나 싶었다. 심장이 마구 요동쳤다. 살고 싶다고, 죽고 싶지 않다고. 속에서 비명이 올라왔지만, 소리를 지를 기운도 용기도 없었다. 어깨, 팔뚝, 팔꿈치, 손목, 손가락 순으로 점점 힘이 빠져나갔다. 두 팔이 부르르 떨렸다. 손가락이 창틀에서 하나둘 떨어져 나갔다. 나는 눈을 질끈 감았다.

2, 3초나 되었을까. 4층에서 1층까지 떨어지는 추락의 찰나. 누가 잡아당기는 것처럼 밑으로 쑥 꺼지는 느낌. 그 짧은 순간에 수많은 이미지가 머릿속을 스쳤다. "주마등처럼 머릿속을 스쳤다"라는 표현은 그저 비유가 아니었다. 비디오테이프를 빨리 감는 것처럼, 동영상을 스킵하며 보는 것처럼 내 삶의 장면들이 눈앞을 휙휙 지나갔다. 불과 몇 초 사이, 흐릿하고 난삽한 이미지들로 내 삶은 간단히 요약되었다. 목숨이 위태로운 사람이 주마등을 보는 것은 과거의 경험에서 위기를 벗어날 방법을 빠르게 찾기 위해서라는 글을 본 적이 있다. 나는 주마등에서 나를 구할 어떤 방법도 찾지 못했다. '추락하는 것은 날개가 있지' 않은 이상에야 무슨 도리가 있었겠냐마는.

그날 이후 깨달은 점 중 하나는 시간은 관념이 아니라 존재라는 것이다. 몸이 낙하하는 사이 나는 시간을 물리적으로 생생하게 감각했다. 그때 내가 느낀 것은 살에 부딪는 바람 같은 것이 아니라 명백히 살아 있는 시간이었다. 물줄기가 장애물을 만나 둘로 갈라졌다가 다시 하나로 합쳐지듯이, 시간은 그렇게 나를 스치며 흘렀다. 그 몇 초 동안 나는 영원 속에 있었다. 언제까지라도 이 추락이 끝나지 않을 듯했다. 바닥없는 우물에 빠져 영원히 추락에 추락을 거듭할 것만 같았다.

그리고 까무룩 정신을 잃었나 보다. 얼마나 시간이 지났을까. 정신을 차리자마자 양발에서 극심한 통증이 올라왔다. 바닥을 짚고 일어서 보려고 했으나 너무 아파서 그럴 수 없었다. 이러지도 저러지도 못한 채 몸의 이곳저곳을 더듬다 보니 주머니에 핸드폰이 있었다. 다행히 멀쩡했다. 나는 방금 죽음과 하이파이브를 나눈 손으로 힘겹게 1, 1, 9 버튼을 눌렀다. 구급차를 기다리는 동안 내 자신이 한심하

고 어이없어서 헛웃음이 나왔다. 웃을 때마다 전신으로 통증이 번졌
다. 어째서인지 아픈 만큼 더 살고 싶었다. 다만 살고 싶었다.

　　의사는 목숨을 잃었을 수도 있었다고 했다. 머리부터 떨어졌
다면 식물인간이, 허리부터 떨어졌다면 반신불수가 됐을 수도 있었다
고 했다. 순전히 운이 좋았다. 한밤중이라 어두워서 보지 못했는데,
내가 떨어진 곳에 검은색 벤이 주차되어 있었다. 두 발부터 떨어진 데
다가 차체가 한 번 충격을 흡수해준 덕에 그만한 것이었다. 아스팔트
바닥에 그대로 떨어졌더라면 의사의 말대로 됐을지 몰랐다. 그랬다면
내 삶은 지금과는 완전히 달랐을 것이다.

　　(차는 루프가 찌그러졌다. 내가 멀쩡했던 것만큼이나 차 안에 사람
이 없어서 천만다행이었다. 변상과 사과를 했고, 차 주인도 너그러이 양해
해주었지만, 시간이 흘러도 미안한 마음은 여전하다. 죄송하고 또 죄송하
다. 괜한 수고를 끼친 구급대원에게도 마찬가지. 다시 한 번 진심으로 죄송
합니다.)

　　입원해 있는 동안 참 많은 마음이 나를 지나쳐갔다. 할 만큼
했다, 이만하면 됐다, 갈 데까지 갔다는 생각도 들었다. 마음을 다 써
버린 것 같았지만, 탕진은 아니었다. 이상하리만치 마음이 평온했다.
당신을 다시 만나기 위해 운 좋게 살아났다는 생각은 들지 않았다. 나
는 병원 침대에 누워 그 많던 마음들을 내려놓았다. 텅 빈 마음속을 한
참 표류했다. 지금은 또 때가 탔지만, 그때 내 마음속은 무균 지대였
다. 마음속을 어지럽히는 작은 날벌레 한 마리 없었다. 삶은 그저 감사
한 것이었다. 이제는 그것을, 내 것이 아닌 당신을 놓아줄 수 있었다.

　　나는 '나인 당신'을 소망했고, 당신도 나와 같기를 바랐다. 또

'당신인 나'가 되기 위해 애면글면했다. 이제니 시인의 시 「그늘의 입」의 한 구절처럼 "하나의 이름으로 둘을 부르는 일에 골몰했다." 그런데 내 방에서 병실로 한 걸음 물러나서 보니 우리는 하나가 아니라 둘이었다. 이 자명한 사실 하나를 깨닫기 위해 나는 그랬는지 모른다. 여기까지 쓰고 보니 이 이야기를 사람들이 소설로 받아들여줬으면 좋겠다. 부끄럽다. '당신'은 사람일 수도 있고, 아닐 수도 있다. 시(詩)일 수도 있지만, 어떤 욕심의 다른 이름일 수도 있다.

　　나는 두 가지 후유증을 얻었다. 고소공포증과 그때 깨졌던 발뒤꿈치가 때때로 시큰거리는 통증이다. 오늘처럼 비가 오는 날이면 발뒤꿈치가 저릿저릿하다. 그럴 때마다 나는 발뒤꿈치를 어루만지며 살아보자고, 다시 잘 살아보자고 읊조린다. 그런 짓을 다시 한 적도 없고, 다시 하고 싶은 마음 역시 조금도 없다. 권태와 무기력에 찌들어 있을지라도 내 마음 가장 깊숙한 곳에 살고 싶다는 욕망이 꿈틀거리고 있음을 안다. 여전히 태어나서 꼭 하나만을 배워야 한다면 그것은 단념하는 법이라고 믿지만, 그 사건 이전의 단념과 이후의 단념은 결이 많이 다르다.

　　글을 쓰는 동안 비는 그쳤다. 잠잠하던 매미들이 전심전력으로 맹렬히 울기 시작한다. 다음 주쯤 내가 들을 울음소리는 오늘 매미의 그것은 아닐 테다. 그럼에도 매미는 그게 어떠냐는 듯이 여봐란듯이 울고 있다. 그 울음을 듣고 있자니 발뒤꿈치가 또 시리다.

단상
방을 위한

1

운명은 뺑소니를 친다. 운명은 우연의 탈을 쓰고 불쑥 찾아와 인생을 뒤흔들어놓는다. 제 갈 길을 가던 삶에 탈선사고를 일으킨다. 운명을 빙자한 어떤 사건은 우리를 사건 이전으로 다시는 돌아갈 수 없게 만든다. 운명이라 부를 수밖에 없는 천생(天生) 혹은 강렬한 후천적 경험은 한 인간을 지배하고 탈바꿈시킨다.

그것이 사랑이라면 다행이지만, 설사 사랑이라 할지라도 나는 사양하고 싶다. 어떤 운명도 마주치고 싶지 않다. 나는 그저 방밖에 없는 사람으로 만족한다. 내 방이 어떤 운명의 포화에도 부서지지 않기를 바란다. 언제까지나 무익하고 무해한 인간으로 남기 위해, 나는 오랫동안 방문을 굳게 걸어 닫고 있다. 나는 노크 소리가 두렵다.

2

유기견 한 마리가 꼬리를 흔들며 다가온다. 사람 손에 버려졌음에도 그는 여전히 사람을 따른다. 아무런 의심도 없는 천진한 표정. 저리 가라는 시늉에도 아랑곳없이 개는 내 앞을 계속 알짱거린다. 나는 끝내 눈에 보이는 대로 돌을 집어 개에게 던진다. 갑자기 나도 모르는 분노가 솟구친다. 그제야 개는 화들짝 놀라 달아난다. 아주 도망가지

11

1

1

1

1

1

11

1

1

11

는 않고, 멀찍이 떨어진 곳에서 엉거주춤한 자세로 나를 바라본다. (이것은 내 상상 속의 일이다. 걱정하지 마시길.)

의식적이든 무의식적이든 스스로를 초라하게 느끼는 사람만이 타인에게서 초라함을 본다. 나는 초라한 저 개를 견딜 수 없다. 기대와 불안과 애증과 공포가 뒤섞인 눈동자가 불편하다. 돌팔매질을 하는 내게 덤비지도 않고, 그렇다고 뒤돌아 가버리는 것도 아닌. 인간의, 인간에 의한, 인간을 향한 저 맹목. 개의 눈동자는 틀림없이 나와 닮았다. 나는 방 밖에 개를 남겨둔 채 방문을 닫는다.

그렇게 나는 방 밖에 없는 사람이 된다.

3

혼자 남은 슬픔. 한 사람이 떠났을 뿐인데, 지구가 완전히 텅 비어버린 듯한 기분. 종말이 찾아온 세상에 홀로 살아남은 사람의 거대한 막막함 같은 것. 음악이 갑자기 끊겼을 때 침묵이 더 크게 들리는 것처럼, 그는 부재를 통해 오히려 자신의 존재감을 더욱 부각한다. 세상이 그가 만들어낸 블랙홀 속으로 전부 빨려 들어간다. 어제와 똑같은 세상이건만 그가 곁에 있을 때와 다르게 모든 사물들이 어두운 색조를 띤다. 내가 아니라 세상이 우울증을 앓는 듯하다. 내가 앓는 것은 뼈저린 무력감. 흐르지 않는 시간의 무게에 숨 막혀 하며.

4

창밖에 어스름이 내리고, 여느 때처럼 가로등 불이 켜진다. 어제와 다름없지만, 어제와 똑같지는 않다. 날이 추워질수록 그림자도 밤도 조금씩 길어진다. 가로등은 그만큼 일찍 거리에 빛을 내려놓는다. 어두움과 가로등은 그냥 그럴 뿐이다. 그저 시간이 흐르니까 변하는 것이다. 그들에게 왜 그래야 하는지는 무의미하다. 시간 앞에서 모든 질문은 힘을 잃는다.

서서히 얼굴을 내밀기 시작하는 별들도 마찬가지. 궤적사진은 별들의 움직임을 찍은 사진이다. 오랫동안 밤하늘에 카메라를 노출하여 얻은 사진에는 별들의 자취가 새겨진다. 별들은 제게 주어진 길을 묵묵히 맴돈다. 이유는 없다. 시간의 트랙이 앞에 있으니 마냥 따라 걸을 뿐. 아무것도 묻지 않고, 시간에 순종할 따름이다.

우리는 외줄기 강물 위를 떠가는 종이배에 함께 타고 있다. 그 강의 이름은 시간이다. 시나브로 젖어가던 종이배가 마침내 물속으로 가라앉기 전까지, 우리는 흘러 흘러간다. 순한 물살을 만나 미끄러지듯이 나아가든, 거센 물결에 위태롭게 출렁이며 가든 결말은 같다. 침몰. 결국에는 너 나 우리 할 것 없이 모두가 강바닥에 닿는다. 종착지는 유일하다. 어떤 종이배도 이 흐름을 거스를 수 없다.

차라리 잘된 일이다. 불안은 미지와 불확실성에서 온다. 도무지 피하지도 물리지도 못하는 명명백백한 진실은 불안을 잠재운다. 내가 강바닥으로 침강하는 배를 자주 상상하는 이유다. 불안은 깊은 수심까지 자맥질하지 못한다. 가라앉은 배의 심상은 나를 불안에 휩쓸리지 않게 하는 닻이다.

지상의 가로등과 하늘의 별이 한 폭의 어둠 속에 빛난다. 이제 나도 거기 물들 때다. 나는 창문을 닫고, 암막 커튼을 친다. 방은 눈을 뜨나 감으나 다르지 않을 만치 깜깜해진다. 소리도 없다. 마치 관 속에 들어와 있는 듯하다. 나는 침대에 누워 돌이킬 수 없는 것들을 떠올린다. 갖가지 불안이 물러가고, 마음에 평안이 내려앉는다.

내가 올라타 있는 종이배가 언젠가 물속에 잠기면, 나는 이렇게 아주아주 오래오래 잠들겠지. 죽음을 예행하면, 아무도 깨우지 못할 영원한 안식을 미리 살아보는 기분이다. 이대로 영영 잠들어도 괜찮을지 모른다. 내가 어쩌든 우리가 타고 있는 종이배는 가야 할 길을 갈 것이다. 어찌해도 당신을 돌이킬 수 없었듯이.

5

흔히 백수(百獸)의 왕이라고 하면 사자나 호랑이를 떠올리지만, 사실 지상 최강의 생물은 코끼리다. 다 자란 아프리카코끼리는 평균 높이가 3.3미터, 무게는 5~7.5톤, 최대 몸길이는 7.5미터로 육지에 사는 동물 가운데 가장 크다. 긴 코로는 1톤 가까이 들어 올릴 수 있다. 또한 이들의 상아에 비하자면 사자나 범 따위의 송곳니는 장난감에 불과하다. 어떤 육지 생물도 코끼리가 휘두른 코에 맞거나 상아에 치여서는 멀쩡하기 힘들다. 특히 코끼리 발에 밟혔다가는 목숨을 부지할 수 없다. 고대 전쟁에서 코끼리는 지금의 탱크나 전차 못지않은 강력한 인명 살상 무기였다.

그렇다면 인간은 어떻게 이토록 무시무시한 코끼리를 길들인 것일까. 방법은 의외로 간단하다. 나무 기둥과 튼튼한 줄 하나면 된다. 먼저 나무 기둥을 단단히 땅에 박는다. 그리고 다루기 쉬운 어린 코끼리를 잡아서 줄로 기둥에 묶어두기만 하면 끝이다. 처음 기둥에 매인 코끼리는 줄을 끊고 탈출하려고 갖은 애를 쓰지만, 어려서 힘이 부족한 탓에 대부분 실패하고 만다. 그렇게 자란 코끼리는 코로 1톤을 들 수 있는 성체가 되어서도 어렸을 적의 경험 때문에 감히 거기서 벗어날 마음을 품지 못한다. 코끼리에게 이제 기둥의 줄은 결코 끊을 수 없는, 원래 그런, 운명의 굴레다. 코끼리는 자기의 힘이 강해진 것은 생각하지 못한 채 어려서의 경험에만 사로잡혀, 사람에게 사육되는 것을 천생으로 알고 살아간다.

개들 사이에도 이와 비슷한 일이 벌어진다. 다 큰 진돗개가 작은 삽사리를 보고 줄행랑을 치는 것이다. 무슨 일일까? 강아지였을 때 삽사리에게 혼쭐이 난 적이 있는 진돗개는 커서도 삽사리를 보면 꼬리를 내린다. 코끼리와 마찬가지로 현재가 과거에 얽매여 있는 탓이다. 상황이 완전히 달라졌지만, 이들은 그것을 인식하지 못한다. 과거를 마주할 때마다 그저 습관처럼 도망치고 숨는다. 이들은 현재를 사는 것이 아니라 과거의 관성을 살아간다. 현재는 과거의 그림자에 가려져 있다.

나는 "원래 그래"라는 말을 습관처럼 쓰는데, 사실 모든 것은 변한다. 우리가 어떤 것이 변하지 않는다고 생각할 때 실제로 변하지 않는 것은 우리의 확신뿐이다. 세상에 영원한 것은 없다. 안다. 머리로는 알지만, 그래도 '원래 그래'라는 마음가짐이 살아가는 데는 훨씬 유용하다.

6

유기견, 코끼리, 진돗개…… 나의 초상. 그때 그렇게 하지 않았더라면, 그를 좀 더 이해하려고 노력했더라면, 그의 말에 귀를 기울이고 좀 더 따뜻한 말을 건넸더라면, 그때 용기를 냈었더라면…… 무언가 달라졌을까.

아니다. 우리는 결코 서로를 이해할 수 없다. 타인은 모르는 것이 아니고 끝내 알 수 없는 존재다. 경험이란 '특수한' 것이다. 우리는 다른 사람의 체험을 온새미로 감각할 수 없다. 타인의 체험은 원상 태로 내게 주어질 수 없다. 비록 우리는 동일한 세계를 공유하고 있지 만, 전구를 갈아 끼우듯 서로의 관점을 엇바꿀 수는 없다.

　"네가 뭘 안다고 그래!"라는 외침은 그래서 정당하다. 몇 번 을 죽었다 깨도 나는 너의, 너는 나의 고통을 이해하지 못한다. 경험 의 특수성을 보편화하려는 시도의 끝은 이해가 아니라 오해다. 우리 는 오해를 통해서만 서로를 이해한다. 우리는 오해의 운동장에서 만 나 어울려 놀다가 이해할 수 없다는 표정을 지은 채 각자의 방으로 돌 아간다. 나는 아무도 오해하고 싶지 않아서 다시 방 밖으로 나가지 않 는다. 이해하기보다는 그냥 잊어버리는 편이 더 쉽고 깔끔하다. 잊어 버리면 거기에는 아무런 오해도 남지 않는다. 나는 곧잘 나조차 오해 한다. 나는 나를 잊지 않으려는 것만으로도 힘에 부친다.

　　　7
온종일 소파에 앉아 방 안을 둘러본다. 어떤 운명도, 그 누구도 없는 정말 멋진 세계다. 내 방은 꼭꼭 닫혀 있기에 나만을 위해서 무한히 펼쳐져 있다.

　　　8
나는 방의 기억이다.

죽
비

오래 방 안에만 있다 보면 현실감각이 흐릿해진다. 만나는 사람도 없이, 오로지 밀폐된 한 공간을 떠도는 내가 문득 유령처럼 느껴진다. 내가 있는 시간이 어제인지 오늘인지 내일인지 잘 분별되지 않는다. '나'라는 인간이 실재하는지, 여기가 꿈인지 생시인지 헷갈린다.

그럴 때마다 내게 현실을 돌려주는 것은 고양이들이다. 내가 의자나 소파에 앉아 있으면, 그들은 어느새 다가와 내 무릎 위로 뛰어오른다. 그들은 내 가슴에 머리를 부비기도 하고, 제멋대로 허벅지를 베고 누워 잠자기도 한다.

그들은 갑자기 내 품을 벗어난다. 그들과 살을 맞대고 있던 자리의 온기가 채 가시기 전에 구린내와 지린내가 코를 찌른다. 내가 자기들의 똥오줌을 치우는 사이 벌써 그들은 밥그릇 앞에서 배가 고프다고 보채며 울기 시작한다.

허기를 달랜 그들은 내 귀에는 들리지 않는 호각 소리에 맞춰 느닷없이 방 안을 우다다 뛰어다닌다. 돌연한 소란스러움은 정신이 부유할 틈을 주지 않는다. 그러다 고양이들은 언제 그랬냐는 듯이 조용한 발길로 물그릇 앞에 다가선다. 나는 물을 할짝거리는 그들을 가만히 바라본다.

나도 목이 마르다. 물 한 잔을 들이켜고, 그들의 밥그릇과 물

그릇을 씻는다. 그들이 방 안에 눌어붙은 시간을 씻어주었듯이. 지상
에 두 발을 붙이고서.

방문을 닫으며

봉
쇄
수
도
원

점심 무렵 눈을 뜨니 방 안이 유난히 환하다. 창문을 열고 밖을 내다보
니 세상은 온통 흰빛. 내가 잠든 사이 눈이 많이 내린 모양이다. 눈을
털어낸 하늘이 구름 한 점 없이 깨끗하다. 집 앞 놀이터에는 부푼 찐
빵같이 두툼한 패딩을 껴입은 어린아이들이 눈을 뭉치며 놀고 있다.
아이들을 구경하고 있자니 언제 이렇게 차가워졌는지 모를 바깥공기
에 금세 코끝이 시리다. 심호흡을 하니 콧속이 오스스하다. 세수로 잠
을 깰 필요도 없이 정신이 반짝 트인다.

　　그러나 제아무리 추운 날씨도 소리까지 얼릴 수는 없다. 눈
놀이를 하는 아이들의 꺄르르 웃는 소리가 빙판 위를 미끄러지듯 내
귓속에 와 닿는다. 밤새 내린 눈을 본 아이들의 아침은 얼마나 설렜
을까. 어쩌면 눈은 방금 전까지 내리고 있었는지도 모른다. 어찌됐든
나는 올해도 첫눈이 내리는 모습을 놓쳤다. 첫눈을 기다려 맞는 마음
은 잊은 지 더 오래되었다.

　　창문을 닫고 소파에 눕는다. 맑아진 정신과는 무관하게 게으
른 몸은 늘 누울 자리를 찾는다. 문득 바깥세상과 단절한 봉쇄수도원
의 삶이 이럴까 싶다. 첫눈이 왔는지도 모르고 지나가는 생활. 먹고
자는 일을 마음 내키는 대로 하는 게으른 삶을 엄숙한 수도 생활에 빗
댈 수야 없지만, 왠지 침묵과 고립을 불문율로 삼는 그곳의 생활을 아

주 조금은 헤아릴 수 있을 듯싶다.

　　그곳에도 첫눈을 기다리며 설레는 마음이, 다른 수도사에게 눈뭉치를 던지는 장난이 있을까. 사람을 창조하는 것은 하나님만의 권능이니 우리는 눈사람을 만들어서는 안 된다고 일장 연설하는 신학자도 있을까. 타인의 삶을 상상하는 삶. 내가 살아보지 못할 수많은 삶을 나는 상상 속에서 살아본다. 그 삶은 대부분 실제와는 딴판일 것이나, 상상을 고증하거나 감수받을 생각은 없다. 아무것에도 얽매이지 않는 자유로움 때문에 상상을 하는 것이니까.

　　내 상상 속 수도사의 방은 아담하고 어두운 곳이다. 청빈과 정결과 순명을 서약한 수도사들은 그곳에서 촛불에 의지한 채 오직 경전을 읽고, 잠을 잔다. 그 외 봉쇄수도원의 일과는 기도와 노동으로 엄격하게 짜여 있다. 기도와 노동과 독서와 수면을 되풀이하는 수도사의 일생. 그런 삶은 신성할 것이다. 봉쇄수도원이 내게 주는 신성함은 비단 그곳이 종교적인 장소이기 때문은 아니다. 무엇이든 어김없이 반복되는 것은 신성하다.

　　이를테면 한 해도 거르지 않는 사시사철의 변화나 태초부터 쉼 없이 이어진 천체의 운행 같은 것들. 내게는 매일 출퇴근을 반복하는 사람들이나 수도사의 삶이 별반 다르지 않게 느껴진다. 지구가 일정한 궤도로 태양 둘레를 도는 일을 잠시라도 멈춘다면 세상은 끝장날 것이다. 우리 생활도 출퇴근을 성실히 반복하지 않는다면 곧 위태로워진다. 요즘 자기계발서를 보면 루틴(Routine)이라는 말이 유행이다. 그러나 루틴은 성공을 위한 습관 따위가 아니라 우주를 지탱하는 힘이다. 무엇이든 꾸준한 반복이 없는 것은 얼마 가지 못해 무너져 내린다.

그래서 나는, 내 생활은, 내 우주는 늘 위태위태하다. 방 안의 인간은 스스로의 힘만으로 생활의 쳇바퀴를 굴려야 한다. 나를 감시할 사람도, 나의 게으름을 나무라고 혼낼 사람도, 방에는 없다. 나는 쉽게 불규칙적인 생활에 물들고, 나태와 권태는 내 의지보다 힘이 세다. 규칙적으로 살자고 마음먹었다가, 어느새 그 다짐을 어기고 있는 자신을 발견하고 자괴감에 젖었다가, 다시 규칙적인 생활을 결심하는 것이 나의 루틴. 하루에도 몇 번씩 결심은 모래성처럼 허물어지고, 부끄러움이 파도처럼 몰려온다. 낚시꾼이 잡은 물고기를 놓아주듯이 나는 나를 다잡았다가 나를 방생하기를 반복한다.

봉쇄수도원은 한번 들어가면 죽어서야 나올 수 있다고 한다. 다시 상상해보니 봉쇄수도원의 수도사들은 첫눈을 즐겁게 맞을 듯하다. 여행이 없는 삶에 그것은 신이 선물하는 일탈일 테다. 어느 수도사는 첫눈을 빨리 내려달라는 기도를 올릴지도 모른다. 궤도를 벗어나지 않는 생활을 한 사람만이 여행의 기쁨도 변하는 풍경의 아름다움도 즐길 수 있을 것이다. 작은 변화에도 기쁘고 감사할 것이다.

아무래도 나는 되는 대로 살아온 길 어딘가에 소중한 무엇을 잃어버렸나 보다. 여행을 좋아하지 않고, 풍경에 감흥이 없고, 무규칙인 내 마음속에 봉쇄수도원이 필요하다. 방 속의 방, 그 안에 내가 평생 지치지 않고 돌려야 할 물레 하나를 놓아야겠다. 당신들의 이름이 빼곡히 적힌 경전과 잊지 못할 얼굴처럼 꺼지지 않는 촛불 한 자루도.

마지막으로 하나의 창문을.

방밖에 없는 사람
방 밖에 없는 사람

| 지은이 | 1판 1쇄 펴냄 |
| 이현호 | 2021년 10월 12일 |

| 편집 | 디자인 | 인쇄 및 제책 |
| 최선혜 | 나종위 | 스크린그래픽 |

| 펴낸이 | 펴낸곳 | ISBN |
| 최선혜 | 시간의흐름 | 979-11-90999-08-3 |

출판등록	주소	Email
2017년 3월 15일	서울시 마포구 토정로 33	deltatime.co@gmail.com
(제2017-000066호)		